망고나무의 비밀
Das Mangobaumwunder

Das Mangobaumwunder

von Leo Perutz / Paul Frank

Copyrights ⓒ 1991 by Langen Müller in der F. A. Herbig
Verlagsbuchhandlung GmbH, München
korean Translation Copyright ⓒ EU Publishing Co., 2002
All rights reserved.

망고나무의 비밀

ⓒ 도서출판  2002

글쓴이 · 파울 프랑크 · 레오 페루츠
옮긴이 · 오용록
펴낸이 · 김래수
초판 인쇄 · 2002. 7. 15 초판 발행 · 2002. 7. 20
기획 · 정숙미 편집 · 김성수 · 차현숙 마케팅 · 이종근
펴낸 곳 · 도서출판 이유
주소 · 서울특별시 동작구 상도5동 103-5 성은빌딩 3층
전화 · 02-812-7217 팩스 · 02-812-7218
Email · eupubli@kornet.net
출판등록 · 2000. 1. 4 제20-358호
표지 디자인 · N.com(02-749-7123)
분해, 제판 · 성광사(02-2272-6810)
ISBN · 89-89703-20-4   03850

잘못된 책은 본사나 판매처에서 바꿔 드립니다.

망고나무의 비밀

차례

옮긴이의 글

한때 사람들은 레오 페루츠를, 문학적으로 영국의 추리작가인 '애거서 크리스티가 카프카와 결합하여 만든 사생아'라고 일컬었다. 사실 페루츠나 카프카는 모두 프라하에서 태어났으며, 보험회사에서 일한 적이 있고 또 신비스러운 것을 추구하는 것까지 서로 공통된 면이 있다.

그러나 몇 가지 사실 확인만으로 페루츠를 규정할 수는 없다. 그의 소설의 특징, 즉 이국적이고 신비감이 넘치는 소재에다 간결한 문장과 능란하게 긴장을 끌어올리는 솜씨는 분명 카프카와 구별되기 때문이다.

페루츠는 1920년대에 빈에서 명성을 얻은 소설가이며 『망고나무의 비밀』의 출판에는 다음과 같은 이야기가 있다.

1914년 그는 전쟁에 참가하고 싶었지만 근시 때문에 신체검사에서 불합격 판정을 받았다가 자원자 자격으로 헝가리의 숄록에서 훈련으로 받는다. 『망고나무의 비밀』의 구상과 집필도 이 무렵에 이루어졌다. 그는 1915년 3월 17일

처음으로 이 소설을 단기간에 완성시킬 생각을 했다.

그리고 며칠 뒤에 빈에서 소설가, 희곡작가 및 시나리오 작가로 활약하던 파울 프랑크를 공동필자로 끌어들여 작업을 분담하고 집필을 시작한다.

그러다가 페루츠가 징집되자, 그들은 서로 원고를 바꿔 읽으며 문체를 통일시킨다. 소설은 두 사람 모두 작가로서 높은 역량을 지녔고 서로 협력도 잘 되어 1915년에 완성되었다.

한편, 페루츠는 1916년 7월 4일 폴란드 남부 갈리시아 전선에서 허파에 중상을 입고 후방에서 수술을 받으며, 9월 30일에는 빈으로 후송되는데 그 곳에서 패혈증에 걸려 20여 일 동안 위기를 겪는다.

페루츠는 1938년 팔레스타인으로 망명하고 나서 독자들의 머리에서 잊혀졌다가 1960년대에 재발견되면서 새삼 판타지 문학의 선구자로 재인식되었다.

『망고나무의 비밀』은 사실주의 계열의 소설이 아니라 판타지 소설이다. 사실주의 소설에 서술된 세계는 작중인물과 독자 모두에게 생소하지 않다는 특징이 있다.

그러나 페루츠와 프랑크의 『망고나무의 비밀』은 이와 반

대로 작품 속의 주인공이나 작품 밖의 독자가 전혀 알지 못하는 기상천외한 내용으로 이루어져 있는 것이다.

『망고나무의 비밀』은 부제가 암시하듯이 '믿어지지 않는 이야기'이다. 간간이 배경으로 인도가 등장하기도 하지만 이 소설은 오스트리아의 수도 빈이 무대이다. 소설 첫머리는 일탈의 폭이 크지 않은 평온한 분위기를 엿보게 한다.

'그 날 저녁, 독극물 연구로 명성이 높은 키르히아이젠 박사는 오래 전부터 계획했던 휴가를 떠나려던 참이었다. 조용하고 편안한 침실에 익숙하던 사람이 모처럼 기차 객실에서 밤을 보낼 생각을 하니 가슴이 설레었다.'

그러나 키르히아이젠 박사는 곧 상상도 못한 사건에 말려든다. 그리고 주인공이나 독자도 익숙한 일상에서 생소한 이국적 판타지 공간으로 이끌려 간다. 빈 교외의 빌라, 인도 사원처럼 지어진 온실이 바로 환상의 이방인 것이다.

키르히아이젠이나 당시 대부분 독자들이 떠나던 여행과는 긴장이나 이색 체험, 현란한 색상 등에서 감히 비교도 되지 않을 환상특급인 것이다. 당시에 생생한 열대 생물계를 직접 구경한다는 것은 그야말로 극소수 유럽인에게나 가능한 일이었으며, 험준한 빙벽 등반도 세상을 떠들썩하게 만드는 사건이었다. 더구나 연구실과 집만 오가는 독극물 박사는 듣지도 보지도 못한 울람 싱의 연화좌와 망고나무의 비밀을 체험하는 것이다.

1916년 출판되자마자 7,000부가 팔렸으며 비평계의 반응도 좋았다. 에곤 디트리히슈타인은 프라하 탁블라트지에 '열대 기후의 열기에 상상력이 넘치는 책이며 세련된 추리소설의 기술이 돋보인다'고 했으며, 빈의 문화평론가인 루트비히 울만은 소설에서 '시대의 증상이 반영되어 있다'고 평하였다.

『망고나무』는 이야깃거리가 되는 비일상적 '사건'을 다룸으로써 독자를 사로잡는 매력이 있어야 한다는 소설의 조건을 충족시키고도 남는 작품이다. 따라서 가볍게 느긋한 마음으로 읽을 수 있게 해 주는 직설적이고 간결한 언어도 작품의 미덕으로 평가해야 할 것 같다.

때늦은 방문

그 날 저녁, 독극물 연구로 명성이 높은 키르히아이젠 박사는 오래 전부터 계획했던 휴가를 떠나려던 참이었다. 조용하고 편안한 침실에 익숙하던 사람이 모처럼 기차 객실에서 밤을 보낼 생각을 하니 가슴이 설레었다.

벌써 여섯 번이나 시계를 보았지만 시간은 겨우 6시 45분이었다. 박사는 책상 서랍을 차례차례 다시 확인하기 시작했다. 모두 제대로 잠겨 있었다. 웃옷 주머니를 뒤져 기차표와 로이드 회사의 배표가 있는지 확인해 보았다. 둘 다 그대로 있었다. 이번에는 지갑을 집어 들고 꼼꼼히 살펴보았다. 모든 게 제자리에 있었다.

"박사님! 흰색 신발도 넣을까요?"

옆방에서 가정부인 베티나가 큰 소리로 물었다.

"물론이지, 베티나! 그 흰색 신발부터 먼저 챙겨요! 따뜻한 해가 비치는 곳으로 가니까. 지금 길거리에서 심술을 부리는 10월 바람은 정말 싫어."

키르히아이젠 박사는 대답하며 침실로 갔다.

베티나는 침대보 위에 하얀 종이로 깔끔하게 싸 놓은 물건들을 순서대로 정성스럽게 하나씩 가방 속에 넣었다. 그리고 한숨을 쉬며 말했다.

"박사님은 참 좋으시겠어요!"

"난 전혀 그렇게 생각하지 않는데. 베티나, 당신은 내가 잠시도 쉬는 꼴을 못 봐 주는군!"

박사가 웃었다.

"아니 전 아무 말도 안 했는 걸요!"

그녀가 놀라며 대답했다.

"박사님에게는 정말 휴가가 필요해요! 여름 내내 빈에만 계셨잖아요! 늘 연구와 글쓰기를 되풀이하는 생활이었어요. 안색이 아주 창백해져서 걱정스러울 지경이에요! 그런데 어디로 가시는지……."

"그리스의 코르푸 섬. 트리에스테(이탈리아의 아드리아해에 둘러싸인 항구도시)를 지나서도 꼬박 하루가 걸리는 곳이지."

"트리에스테보다 더 멀리요! 그럼 손수건은 몇 장이나 넣을까요?"

"마음대로 해요. 베티나, 모두 다 기억할 수 있겠지?"

"마음 푹 놓으셔도 돼요. 전부 알고 있으니까요."

"서점에서 소포를 보내오면 어떻게 해야 되지?"

"받아 두고 우편 불입 용지를 달라고 해야죠."

"누가 내 주소를 물으면?"

"그건 메모용 달력에 적혀 있어요."

"베티나, 당신에게도 편지를 할게."

"정말이세요! 박사님, 그럼 색깔이 다양한 그림 엽서로 보내주세요."

"나는 서둘러서 카페에 다녀올 테니 차는 10시에 오도록 해줘요. 그러면 여유가 있지. 역까지 10분이면 되니까."

이렇게 말하고 키르히아이젠 박사가 막 모자를 쓰는데 현관에서 벨 소리가 날카롭게 울렸다. 벨 소리는 요란스럽게 계속되다가 다시 조용해졌다.

"대체 누굴까?"

키르히아이젠 박사가 물었다.

"10분 전에 여행을 떠나셨다고 할까요?"

"아니, 누군지 살펴만 봐요. 무슨 일이건 내가 지체하는 일은 없을 테니까."

베티나가 방에서 나갔다.

현관문이 열렸다가 다시 닫히는 소리와 베티나가 누군가에게 인사하는 소리도 들렸다. 남자의 목소리와 대답하는 소리가 들렸다. 그의 이름을 알아들었다 싶은 순간, 베티나가 벌써 문에 서서 누군지를 알려왔다.

"건축사님께서 오셨습니다."

베티나가 미처 옆으로 비켜서기도 전에 웬 사내가 그녀를 밀치며 들어왔다.

"프리츠, 자네가 웬일인가?"

키르히아이젠 박사가 놀라 물었다. 이미 점심 때 프리츠와는 작별 인사를 했었던 것이다.

"이런 빌어먹을 전화기 같으니!"

프리츠가 소리쳤다.

"30분 전부터 자네에게 전화를 걸었어. 열 번도 넘게 말이야! 전화 교환원에게 화를 내고 감독관에게 욕까지 퍼부었지만 아무 소용이 없었어. 전혀 연결이 안 되는 거야!"

"그랬을 거야."

박사가 웃으며 말했다.

"조용히 여행 준비를 해야만 했어. 짐 싸는데 방해받고 싶지 않아 전화선을 빼놓았다네."

"친절한 발상이군! 내가 급할 때면 사람들이 전화를 받기 싫어하거든."

"대체 뭐가 그리도 급한 것이기에……?"

"당장 왕진을 가 줘야겠네."

"진심으로 하는 말인가? 세 시간 후면 기차가 떠난다네. 더구나 나는 개업의도 아니고 또 내가 언제부터 환자를 찾아가 진료했다고 그래? 이 곳 빈에는 의사가 5,000명이나 있는데 그 사람들 중에서 누군가를 찾아보지 그랬어. 날 찾은 건 잘못이네."

"자네가 가장 적당한 사람이네! 자넨 독극물 전문가이지 않나. 누가 중독됐는데 아주 심각하고 긴급한 상태인가 봐."

"자네 가족이 그렇단 말인가?"

"아니. 포그 남작이 내게 부탁했어."

"포그 남작? 그 사람이 누군데?"

"포그 남작 말이야! 그 유명한 스포츠맨이면서 등산가인 사람 말이야. 그 사람에 대해선 자네도 익히 소문을 들었을 텐데."

"글쎄, 기억이 날 것도 같고."

"작년에 빈 근교에 있는 히칭에 포그 남작의 별장을 지어 주었지. 그 때 자네에게도 설계도를 보여 주었는데⋯⋯."

"맞아. 그런데 남작에게 무슨 일이 생겼나?"

"모르겠어. 한 30분 전에 남작이 내게 전화를 걸어 자네 이름을 대면서 당장 연락해 달라고 부탁하는 거야. 우리가 서로 친하다는 것을 알고 있는 것 같아. 남작은 꼭 자네가 와 줘야만 한다고 생각하는 것 같았네. 그래서 자네를 보내겠다고 했지."

바로 그 때 옆방에서 전화벨이 울렸다. 베티나가 그 사이에 전화를 다시 연결했던 모양이다. 박사는 옆방으로 건너가 전화를 받았다.

"남작님, 안녕하세요! 키르히아이젠입니다. 물론이죠! 제친구가 지금 와 있습니다. 아니, 그렇지 않습니다. 전혀 아무것도 아는 게 없습니다. 제게 조금이라도 설명을……, 자동차를 보내셨다구요? 아주 잘 하셨습니다. 금방 구하겠지요. 그러니까 일종의 중독이군요? 어떤 종류의 독인데요? 예, 예, 물론입니다. 가겠습니다. 하지만……."

박사는 화가 난 얼굴로 투덜거렸다.

"전화를 끊어 버렸어. 내게 무슨 단서라도 좀 줄 것이지! 대체 무슨 문제인지, 사고인지 아니면 자살하려다 생긴 일인지……, 아니면 중독된 사람이 누구인지 정도는 말해줘야하잖아."

"어쩌면 어린 딸아이에게 무슨 일이 생겼는지도 모르겠네. 아마 그럴 거야. 듣자 하니 그런 것 같아."

"내 책상을 다시 열어야겠군! 베티나, 내 손가방 좀 가져다 줘요."

키르히아이젠 박사는 서둘러서 은빛 나는 주사바늘 한 다발과 가위·족집게·핀셋을 챙겨 가방 속에 넣었다. 그리고 시험관 몇 개를 집어 주머니에 담아 가죽 가방 안에 넣었다.

"지금쯤 차가 오겠군."

박사는 시계를 보며 말했다.

"남작이 내게 하인과 자동차를 보냈네. 7시 15분이야. 기차는 10시 21분에 출발하는데, 그 기차를 탈 수 없을 것 같군. 자네는 대체 남작과 어떻게 알게 된 건가?"

"2년 전에 산에서 알게 되었다네. 플란슈피체(암벽 등반으로 유명한 오스트리아의 산) 북벽에 아주 오르기 힘든 곳이 있는데, 거기서 서로 알게 되었지. 산을 오르던 중에 나는 앞으로 나가지도 뒤로 물러서지도 못하는 아주 어려운 상황에 처해서 완전히 포기 상태가 되어 버렸지.

그 때 남작이 내 뒤에서 나타나 구조 로프로 나를 감아 무사히 빠져 나오게 했다네. 내 목숨을 구해준 셈이지. 남작은 니켈 같은 힘줄을 가진 힘과 정력의 화신이라네. 자네도 감탄할 거야. 그는 등산가로서는 믿기지 않는 일들을 많이 벌이고 있어. 그와 가까운 사람들은 그를 '멋진 남작'이라고 부른다네."

"자네도 둘째 가라면 서러워 할 일류 등산가 아닌가!"

"포그 남작과 비교하면 나는 어린아이 정도의 수준이야. 아예 비교가 되질 않지. 관심이 있다면 남작의 최초 등반 기사 가운데 하나를 가져다 주겠네. 그 밖에 나는 다른 일로도 그에게 감사할 일이 있다네. 내게 자기 별장을 짓도록 해 주었거든."

"남작이 매우 부자인가보군?"

"남작에게 돈은 문제가 되지 않아. 자네가 남작의 정원을 보게 되면……, 엄청난 온실하며. 그것도 내가 지었지, 인도의 사원 양식으로 말이야. 하지만 빈에는 기껏해야 일 년에 석 달 정도만 있고, 나머지 시간은 늘 여행을 하면서 보낸다네. 인도·남아프리카·남미의 산맥으로 말일세. 영국에서 여름을 보내고 집으로 돌아온 지 2주밖에 되지 않는다네. 저 책상 위의 물건들은 다 어떻게 할 건가?"

"모두 내 가방에 들어갈 것들이라네."

키르히아이젠이 대답했다. 그리고 친구의 놀란 얼굴을 보고선 덧붙였다.

"이건 봉투를 포함한 편지지가 500장이고, 이 안에는 궐련 물부리 400개가 있어. 매일 세 개씩 필요하지. 4주일 동안 떠나 있을 거니까 3 곱하기 28이면 84! 내가 외딴 섬으로 간다는 걸 생각해 보게."

그러자 프리츠가 말했다.

"자넨 코르푸 섬에 대해 엉뚱한 생각을 갖고 있는 모양이군. 그건 그렇고, 벌써 남작의 하인이 왔네."

머리칼이 흰 자그마한 체구의 노인이 방 안으로 들어와

인사를 했다. 조끼에 은빛 단추가 두 줄로 붙어 있는 제복을 입고 있었다.

"포그 남작께서 보내셨군요?"

키르히아이젠 박사는 이렇게 묻고, 얼른 외투를 걸쳤다.

"알고 있습니다. 시간을 지체하지 맙시다. 당신이 차 속에서 모든 얘기를 해 주면 되니까요. 프리츠, 잘 있게. 내일 여기 있게 되면 전화하겠네."

집 앞에는 자동차가 덜덜거리며 서 있었다. 운전사는 한 손은 손잡이에, 다른 손은 핸들에 얹은 채 출발 신호를 기다리고 있었다. 박사가 먼저 차에 오르고 늙은 하인이 그의 뒤를 따라서 차에 올랐다.

자동차가 움직이자 키르히아이젠 박사는 노인에게 남작의 시종인지를 물었고, 노인은 고개를 끄덕였다. 바람이 세차게 얼굴을 때리자 박사는 외투 단추를 목까지 채웠다.

다시 박사가 물었다.

"무슨 일인지는 아시겠지요?"

늙은 하인은 맹세라도 하듯 두 손을 들어 올렸다.

키르히아이젠 박사가 말을 이었다.

"자, 대체 무슨 일이 있었는지 이야기해 보시오. 아주 간단히 해도 좋고 자세하게 해도 좋소. 당신 마음대로…… 지금까지 내가 아는 거라고는 중독이 있었다는 것뿐이지. 다른 것은 전혀 모르고 있소. 그러니 어서 얘기해 봐요."

하인이 갑자기 모자를 벗자 드문드문 나 있던 하얀 머리칼 몇 가닥이 바람에 흩날렸다. 너무 흥분한 나머지 테가 닳은 검정 소프트 모자를 두 손으로 쥐고 손가락으로 만지작거리며 사정하듯 말을 꺼냈다.

"훌륭하신 박사님! 불쌍한 우리 주인님을 꼭 도와 주시는 거죠?"

박사는 애꿎은 모자만 만지작거리는 늙은 하인의 손을 잠시 바라보았다.

"물론 도와드리고 말고요. 하지만 주인에게 무슨 일이 일어났는지 먼저 알고 싶소. 남작님에게 일어난 일인가요?"

"그렇습니다, 박사님! 사고였습니다. 무서운 사고였어요."

"무슨 사고였죠?"

"제가 여태까지 한 번도 본 적이 없는……. 박사님, 제 나이 예순 아홉이 될 때까지 많은 걸 겪었습니다. 그건 믿으실 수 있죠?"

"나는 당신이 하는 말을 믿어요. 하지만 지금 내가 알고 싶어하는 것은 당신의 인생이 아니라 남작에게 일어난 일입니다."

"누가 제게 그런 일이 가능하다고 했겠어요! 하필 우리 주인님, 좋으신 우리 주인님에게 그런 일이 일어나다니! 박사님, 이 세상 어디에도 우리 주인님보다 더 좋으신 분은 없어요! 불쌍한 따님은 또 어떻구요! 사고예요! 사고!"

키르히아이젠은 생각에 잠겼다.

'한 가지 분명한 것은 남작이 환자라는 사실이야. 그리고 남작의 딸도 그럴지 몰라. 하지만 이 늙은 하인에게서 더 알아낼 수 있는 건 없어. 이 사람은 지금 제정신이 아니야. 그 일로 받은 충격이 견딜 수 없을 만큼 컸나보군. 이 정도라면 심각한 일이 있었던 게 틀림없어. 이제 차가 곧 멈추겠군. 벌써 빈의 서쪽을 지났으니 10분만 기다리면 확실한 걸 알 수 있을 거야.'

박사는 구석에 기대어 눈을 감았다.

최근에 읽은 책의 제목이 떠올랐다. 우아한 서체로 《조느에 섬의 식물 연구(파리, 1879)》라고 되어 있었는데, 섬세하게 그려진 그림에는 암벽의 끝이 요새처럼 먼 바다를 향해 뻗어 있었다.

멀리 시계탑에서 종소리가 울렸다. 차의 속도가 더 빨라진 것 같았다. 키르히아이젠 박사는 어쩌면 밤에 떠나는 준급행 열차는 탈 수 있을지도 모른다고 생각했다.

눈을 뜨고 고개를 내밀었다. 차는 넓게 뻗은 가로수 길을 지나고 있었다. 길 양쪽의 담과 정원 울타리, 앙상한 모습으로 매달린 단풍잎, 황록색의 가로등 불빛이 번갈아 가며 나타났다가 사라지곤 했다.

여태까지 무표정하게 앞만 바라보고 앉아 있던 하인이 갑자기 몸을 움직였다. 일어서서 어둠 속을 잠시 살펴보더니 손가락으로 앞에 앉은 운전사의 어깨를 찔렀다. 차가 속력을 줄였고 잠시 후 높다란 바로크식 현관문 앞에 멈췄다. 그 양쪽으로는 큰길을 따라 단철 울타리가 어른 키의 두 배 높이로 뻗어 있었다. 전기 아크등이 바람에 나부끼며 흐릿한 빛을 던지고 있었다.

박사는 의료 기구가 든 가방을 옆에 끼고 차에서 내렸다. 그러자 웬 남자가 정원에서 나와 운전사에게 가더니 지갑에서 요구한 금액을 꺼내 주었다.

그 늙은 신사는 체격이 날씬하고 마른 편이었다. 갈색의 험스펀 직물로 만든 양복을 입고 있었는데 옷이 너무 커서 어색해 보였다. 체격에 비해 옷이 너무 헐렁했던 것이다. 얼굴은 햇볕에 그을렸고, 가죽 같은 피부는 온통 주름과 갈라진 곳 투성이였다. 머리칼은 거의 백발에 가까웠는데 숱이 유난히 많았고, 커다란 눈은 짙은 눈썹 밑에서 옅은 회색을 띠고 있었다.

칸칸이 지갑을 뒤질 때마다 손가락이 경련하듯 떨렸다. 마침내 주화를 한데 모아 건네자, 운전사는 감사의 표시로 모자에 손을 댔다가 재빨리 차를 돌려 떠났다.

늙은 신사가 지팡이를 짚고 박사에게 다가와 두 손을 내밀었다.

"키르히아이젠 박사? 이렇게 와 주시니 어떻게 감사해야 할지."

그의 목소리는 잠겨 있는 데다 힘이 없었다. 이 말을 마치자마자 다시 깊은 숨을 들이마셨다. 그리곤 덧붙여 말했다.

"제가 반 시간 전에 당신에게 왕진을 부탁했지요."

키르히아이젠은 영문을 알 수 없었다.

"반 시간 전에요? 저는 남작님과 직접 통화를 했는데요?"

"내가 바로 펠릭스 폰 포그 남작이오."

노인은 대답하며 박사의 손을 잡았다.

"뵙게 되어 정말 기쁩니다! 플란슈피체에서 제 친구의 목숨을 구해준 유명한 등산가의 아버님이신가 보군요."

"나는 아들이 없습니다. 내가 바로 그 유명한 등산가요. 그리고 그 이야기는 친구분이 조금 과장한 겁니다."

박사는 생각했다.

'프리츠가 크게 과장한 것 같지는 않은데…… 내가 상상한 '멋진 남작'은 이렇지 않았어. 어떻게 해서 그렇게 불린 걸까? 힘과 정력의 화신? 니켈로 이루어진 힘줄? 형편없는 농담일까, 아니면 그 산에 간 게 아주 오래 전 일일까. 이렇게 허약한 노인이 코벤츨(잘츠부르크 근교의 유원지. 1287m

높이의 가이스베르크 산자락에 위치)에 올라갔을 리가 없
지. 비너발트(알프스 북동쪽 끝의 산지. 별장지와 산책지가
조성되어 있음)의 간이 휴게소라면 몰라도…….'

"저와 함께 가시지요!"

남작이 함께 가길 권하며 하인을 불렀다.

"필립, 박사님에게 뭐가 필요할지 모르니 가까이 있게."

필립은 붉은 자갈이 깔려 있는, 정성스럽게 손질된 정원
길을 잔걸음쳐서 두 사람에게 다가왔다.

달빛 아래 초원 위에 그림자처럼 드리워진 꽃밭의 장식이
키르히아이젠 박사의 눈에 들어왔다. 높고 울창한 나무 울
타리 뒤에서는 분수대의 물이 비처럼 쏟아지는 소리가 들렸
다. 저 멀리 으시시하고 괴이한 느낌을 주는 사원 모양의 건
물이 어렴풋이 보였다. 아마 프리츠가 얘기했던 인도식 온
실인 것 같았다.

그 사이에 둘은 별장 근처에 도착했다. 박사는 걸음을 멈
추고 남작에게로 몸을 돌렸다.

"하인의 이야기를 들어보니 사고를 당한 사람은 바로 남
작님이신 것 같더군요."

"아니, 아니오!"

남작의 목소리는 거의 고함에 가까웠다.

"나는 아무렇지도 않아요, 아주 건강해요."

"그럼 따님께서 사고를 당하셨나 보군요."

"아니오, 천만다행으로 내 딸은 이상이 없어요."

"하인 말로는 남작님과 따님을 위해 저를 불렀다고 하던데요."

남작이 나지막하게 말했다.

"그렇소! 큰 사고가 있었소. 끔찍한 일이……."

키르히아이젠 박사가 대답을 재촉했다.

"누가 환자인지 제게 끝까지 말씀을 안 하실 건가요? 환자가 누굽니까? 가까운 사람인가요?"

남작이 키르히아이젠 박사를 불안하고 미심쩍은 눈길로 바라보았다.

"환자는……, 환자는……."

남작이 말을 더듬었다. 그리고 잠시 주저하더니 갑자기 마음을 다잡은 듯 일어서서 말했다.

"환자는 바로 내 정원사요, 박사."

환자

이런 이야기를 나누며 아치형의 넓은 홀에 들어섰는데, 키르히아이젠은 곧 그 호화로움에 매료되어 정신이 팔리고 말았다.

벽에는 어른 키 정도 되는 짙은 갈색 나무장식이 붙어 있었고, 그 안에는 장미빛 바탕에 검정 줄무늬가 가늘게 쳐진 대리석 조각이 오뚝 솟아나 있었으며 키가 크고 손에 장미 팔찌를 긴 날씬한 여인을 묘사한 모자이크 그림도 새겨져 있었다. 천장 네 귀퉁이는 판판하게 아래로 휘어진 모양의 은빛 유리 쟁반이 붙어 있어 은은한 흰빛을 비쳐 주었다. 뒤쪽에는 암녹색 양탄자가 깔린 몇몇 대리석 계단과 함께 층계가 다음 방으로 이어져 있었다.

키르히아이젠 박사는 다시 남작에게 말을 걸었다.

"환자가 누구라고 하셨죠?"

"정원사입니다."

남작이 같은 대답을 했다.

"남작님!"

박사가 말했다.

"무슨 오해가 있었나 봅니다. 제가 남작님에 대해 잘못 들은 것 같군요. 저는 진료를 안 한 지 벌써 몇 년이 되어가고 지금은 오직 학술 연구에만 몰두하고 있어요. 하인들 중 한 명에게 일이 생겼다면 그냥 병원에 보내는 게 나을 겁니다. 최소한 돈이라도 적게 들 테니까요. 도리상 그 점을 일러드리는 것입니다."

"다 알고 있습니다."

남작이 태연하게 말했다.

"그런데도 내가 당신에게 진료를 맡아달라고 부탁한 것은 심각한 이유가 있기 때문이오."

"제 시간은 소중합니다. 더구나 다음 주는 아주 중요한 계획들로 꽉 차있어요. 남작님! 저는 남작님이나 가까운 가족의 목숨이 위험한 것으로 알고 온 것입니다. 친구의 급한 부탁을 받고 말이죠"

남작은 잠시 생각에 잠겼다.

두 사람은 문 앞에 도착했다. 남작은 옆으로 비켜주며 박사를 들어가게 하고 뒤에서 문을 닫았다. 그리곤 아무 감정도 들어 있지 않은 목소리로 말했다.

"정원사를 살리느냐 못 살리느냐에 내 삶이 달려 있다고 생각해 주시기 바랍니다."

"그게 무슨 뜻입니까? 무슨 뜻으로 그렇게 말씀하시는 겁니까?"

박사가 짜증을 냈다.

"내 정원사가 당신에게 치료받는 데 큰 가치를 둔다는 것뿐이오. 당신이 귀한 시간을 잃어가며 치른 대가는 빠짐없이 보상해 드리겠소."

박사는 주위를 둘러보았다. 기품 있게 꾸며진 방 가운데에 캐노피가 달린 넓은 침대가 있었는데 침대의 주위는 커튼으로 가려져 있었다.

"환자는 여기에 누워 있소."

박사가 놀라 물었다

"여기가 정원사의 방인가요?"

"아니오. 내가 사용하는 침실이오. 사고가 나자 급히 여기로 데려오게 했죠."

남작이 커튼을 옆으로 젖히자 누워 있는 환자가 보였다.

키르히아이젠 박사는 나중에 자신에게 화가 났는데 이 때 정원사를 보고 몹시 놀라 뒤로 물러섰기 때문이었다.

하지만 그럴 만도 했다. 온순한 니더외스트라이히의 농부이거나 멜크나 비너노이슈타트에서 온 금발의 청년이 있을 거라고 생각했는데, 뜻밖에도 움푹 파인 눈과 촉촉하게 뒤엉킨 머리칼 그리고 길이가 거의 1m나 되어 턱 밑부분을 수건으로 감싼 듯 시커먼 수염이 난 이상한 인종의 얼굴이 노려보고 있었기 때문이었다.

박사가 당황해 하자 그 모습을 본 남작이 설명해 주었다.

"울람 싱은 인도 사람이오!"

"지난번에 동양을 여행하다가 인도의 아그라 시에서 데리고 왔지요."

"아니, 그런데 무슨 까닭으로 입을 막았습니까?"

키르히아이젠 박사가 물으며 정원사의 입술 위에 있는 천 조각을 손으로 가리켰다.

남작이 웃었다.

"그건 내가 한 게 아닙니다. 울람 싱은 늘 그 천 조각을 갖고 다녔어요. 종교적인 이유 때문이죠. 울람 싱은 사두, 즉 일종의 힌두교 고행자랍니다. 그의 종교에선 아무리 하찮은 동물일지라도 죽이지 못하게 되어 있어요. 그러나 숨을 쉴 때 아주 작은 곤충이 입을 통해 목으로 들어올 수 있기 때문에 늘 입을 그런 천 조각으로 막고 다니죠."

그 사이에 박사는 의자를 끌어오고 이불을 젖혀놓았다. 그리고 책상에서 전등을 가져와 남작에게 건네주며 들고 있도록 했다.

"좀더 높이 들어주십시오"

박사가 말했다.

전등이 남작의 떨리는 손에서 불안하게 흔들렸다.

박사는 환자의 등 밑으로 팔을 밀어 넣어 천천히 일으켰다. 그리고 환자의 맥박을 짚고 심장의 고동소리를 들어보았다. 손과 발의 관절을 만져보고, 입술과 혀를 살펴보다가 약간의 객혈 흔적을 발견했다.

박사는 눈을 들었다. 시선이 건너편 벽으로 옮겨갔다.

거기에는 거대한 페르시아 양탄자가 걸려 있었다. 양탄자의 위에는 이국의 무기들이 별 모양으로 배치되어 있었다. 북아프리카의 카바일족이 쓰던 사벨[軍刀], 코카서스에서 가져온 단검, 페르시아의 손보습과 말레이시아의 칼이 있었다. 이상하게 휘거나 끝이 톱니처럼 생긴 것이 있는가 하면 금과 보석으로 장식된 칼집도 있었다. 또 칼자루의 머리가 상아로 되어 있는 것도 있고 에나멜을 입힌 것도 있었다. 이 별의 중앙은 가는 화살 한 다발이 차지하고 있었다.

"이 무기들은 직접 수집하신 겁니까? 여기 있는 위험한 물건들 중 하나에 화살용 독 같은 것이 묻어 있었을 거라고 보시는지요?"

박사가 물었다.

"그럴 가능성은 전혀 없습니다. 그런 일은 절대로 없었으니까요."

"울람 싱이 이 무기들과 어떤 관련이 있지는 않습니까? 혹시 이 무기들을 닦고 수선하는 일 따위를 맡지는 않았습니까?"

"그렇지 않아요, 박사님. 울람 싱은 절대 무기를 만지지 않았을 겁니다. 종교 때문에 그래서는 안 됩니다. 더구나 이 방에는 들어온 적도 없습니다."

"알 수 없는 일이군요. 여기 보세요, 남작님. 환자에게서 다음과 같은 증세들이 확인되었습니다. 객혈 흔적, 손·발·호흡기의 마비 증세, 입술과 혀의 청색증, 그 밖에 아주 특이한 것은 혹이 없다는 점입니다. 이 모든 증세를 종합하면 특정한 종류의 뱀에 있는 독 때문이라고 결론지을 수 있습니다. 하지만 이 열대 지방의 뱀은 지금까지 유럽에 산 채로는 한 마리도 들어온 적이 없습니다."

"그 뱀의 이름이 뭐죠?"

남작이 나지막이 물었는데, 마치 뭔가를 골똘히 생각하고 있는 것 같았다.

박사는 손가방을 열고 작은 검정색 상자에서 소형 주사기를 꺼내 새 바늘을 끼웠다. 그리곤 환자의 팔을 붙잡고 천천히 주사를 놓았다.

주사를 놓고 나서 박사가 말을 이었다.

"틱 팔루가라는 뱀입니다."

"이런 가정은 망상일 뿐이라고 제 자신에게 말하고는 있지만 아무튼 설명이 더 필요합니다. 우리와 같은 위도의 나라에서는 아직 틱 팔루가를 산 채로 무사히 들여온 적이 없습니다. 이 뱀이 지닌 독의 화학적 구조는 아직 제대로 알려져 있지 않습니다. 이 인도인이 우연히 틱 팔루가의 독과 비슷하게 작용하는 식물성 독에 감염되었을지도 모릅니다."

"아니오!"

남작이 나지막한 소리로 말했다.

"앞서 내린 진단이 맞았소."

"무슨 말씀이신지?"

남작은 인도인의 팔을 들어 관절 위에 있는 두 개의 붉은 점을 가리켰다.

"자, 보시오."

그가 조그맣게 말했다.

"뱀이 여기를 물었소."

"뭐라구요?"

박사가 놀라서 외쳤다.

"뭐가 물었다구요?"

"틱 팔루가."

남작은 진저리를 치며 이야기했다.

"하지만 유럽에는 그런 뱀이 있을 수 없어요!"

"박사, 보고 싶지 않소?"

남작이 물었다.

박사는 고개를 저으며 말했다.

"정말 말도 안 되는 소리를 하시는군요! 남작님 정원에서 체체파리에 쏘여도 수면병에 걸릴 수 있단 말입니다!"

남작의 얼굴이 창백해졌다. 그리고는 더듬거리며 말을 이었다.

"이런! 실론에도 체체파리가 있단 말이오?"

"실론? 물론입니다. 글라사이너 산데리라는 파리가 있습니다."

남작은 자제력을 잃고 소리를 질렀다.

"필립! 그레틀이 정원에 들어가지 못하게 하게."

"무슨 일이십니까, 남작님. 무슨 엉뚱한 생각이세요? 실론의 글라사이너 산데리는 전혀 해가 없는 체체파리입니다. 그리고 그게 어떻게 남작님 정원에 와 있겠어요?"

남작은 하인에게 무덤덤한 목소리로 말했다.

"필립! 끽연실의 벽난로 옆에 있는 광주리를 가져오게."

늙은 하인은 나갔다가 얼마 뒤에 다시 돌아왔다. 그런데 역겨움과 두려움 때문인지 몸에서 가능한 한 손을 멀리 뻗은 자세로 노란 색의 사각형 광주리를 들고 있었다.

남작이 덮개를 밀어젖히며 말했다.

"여기 있소. 한 시간 전에 내가 때려 죽였소."

키르히아이젠 박사는 조심조심 광주리 안에서 죽은 뱀을 끄집어 냈다. 그리고는 능숙한 동작으로 뱀을 손가락 사이로 움직이며 머리를 판판한 손에 올려놓고 이마의 무늬를 살펴보았다. 그리곤 뱀을 다시 광주리에 내려놓았다.

"믿을 수가 없어! 이 뱀은 분명히 틱 팔루가입니다. 남작님이 손수 때려 죽였습니까, 정원사가 물린 뒤 바로?"

남작이 고개를 끄덕였다.

"울람 싱이 인도에서 가져온 거요."

"이래서 계속 새로운 것을 배워야 돼요."

키르히아이젠 박사가 말했다.

"제가 알기로는 최근에 하겐벡(당시 세계 최대 규모의 서커스단을 운영하던 독일인으로 1907년에는 독일 함부르크의 교외 슈텔링엔에 동물원을 설립함)이라는 사람이 베를린 동물원의 주문을 받아 들여오려고 시도했었는데, 마지막까지 살아남았던 놈이 이탈리아의 메시나 항구 근처에서 죽고 말았지요. 남작님의 정원사가 여행중에 틱 팔루가의 목숨을 유지시킬 수 있었다니 놀랍군요. 그런데 이렇게 위험한 동물을 데리고 있는 줄 아셨습니까?"

"한 시간 전까지는 전혀 눈치채지 못했소. 그나저나 환자의 상태는 어떻소? 뱀에게 물리자 바로 과망간산칼리를 주사했는데."

키르히아이젠 박사는 그 동안 뱀을 손에 들고 더 자세히 살펴보고 있었다.

"정원사가 남작님 집에서 일한 지 얼마나 됐죠?"

"일 년 반이오. 작년 봄에 인도에서 함께 왔소."

"그래요?"

박사가 남작을 바라보았다.

"이 뱀은 기껏해야 석 달밖에 안 됐는데! 그렇다면 고향에서 뱀을 가져왔다고 할 수는 없겠는데요."

남작이 어리둥절한 눈길로 박사를 쳐다보았다.

"뱀이 어떻게 집에 들어오게 되었죠?"

다시 박사가 물었다.

"난 모르는 일이오!"

남작은 대답을 던지고는 마치 박사의 캐묻는 눈 때문에 몸이 아프다는 듯 뒤통수를 쓰다듬었다.

키르히아이젠 박사는 머리를 좌우로 흔들며 뱀과 남작을 번갈아 보았다.

"그 일에 신경 쓰는 것은 제 소관이 아니지요. 하지만 독의 종류와 출처를 알았으니 이제 남작님에게 환자의 상태를 알려 드리겠습니다."

"그래요? 어서 말해 보시오!"

남작이 재촉했다.

"환자는 의식이 불분명하고 가벼운 마비 증세가 보이는데, 이 상태는 36시간에서 48시간 정도, 또는 몇 시간 더 지속될 것입니다. 그리고 약 48시간 뒤에는……."

"정원사가 일어설 수 있겠소? 침대에서 나올 수 있느냔 말이오?"

남작이 외쳤다.

"심장마비로 인한 치명적인 결과가 나타나게 됩니다. 그래요."

순간 남작의 손에 들려 있던 전등이 '탁' 소리와 함께 바닥에 떨어졌다.

"맙소사, 무슨 일이 일어났지?"

커다란 방이 순식간에 캄캄해졌다. 키르히아이젠 박사는 어둠 속을 더듬거리며 벽으로 가서 샹들리에에 불을 붙였다.

남작은 안락의자에 기댄 채 창백한 얼굴로 떨며 손으로 가슴을 누르고 있었다.

"대체 어찌된 일입니까, 남작님?"

박사가 걱정스런 눈빛으로 물었다.

"아무것도 아니오."

남작이 힘겹게 웃으며 말했다.

"전등이 좀 무거워졌을 뿐이오. 그건 그렇고 울람 싱이 죽을 수밖에 없다는 게 확실합니까?"

박사가 어깨를 으쓱해 보였다.

"전혀 구할 방법이 없소? 혈청은 없는 거요?"

"모든 수단을 다 써 보겠습니다."

"울람 싱은 내게 정말 필요한 사람이오. 그를 데리고 있고 싶소. 내게 없어서는 안 될 사람이오."

"없어서는 안 될 사람? 남작님 기분은 알겠습니다. 집안 식구의 죽음에는 늘 감정 소모가 많지요. 하지만 '없어서는 안 된다'는 것은 엄청난 말입니다. 정원사 문제는 후임자가 나타나면 될 거구요."

"그렇지가 않소!"

남작이 갑자기 격분하며 소리쳤다.

"정원사가 죽어선 안 됩니다! 울람 싱이 죽으면 내 인생도 끝이오."

"과장이 너무 심하신 것 같습니다. 혹시 정원사의 운명에 대한 순수한 인간적 동정심 이상의 뭔가가 있다는 것입니까? 만일 그렇다면 제게 솔직하고 분명하게 말해 주십시오."

남작은 손을 들어 축축해진 이마를 천천히 어루만졌다.

"내가 아주 바보 같은 소리를 했군."

남작은 가만히 말을 더듬거렸다.

"용서하시오. 불행한 일로 놀란 나머지 제정신이 아니오. 내가 무슨 말들을 했는지 전혀 모르겠소."

"환자의 생명을 구하기 위해 모든 방법을 다 동원할 테니 안심하십시오. 지금 제게 잘 곳을 정해 주시지 않겠습니까? 가능하다면 환자와 가까운 방이면 좋겠습니다. 아마 밤중에 두세 번 정도 주사를 놓아야 할 것 같습니다."

"바로 옆이 박사가 묵을 방이오. 맞은편에 문이 있소."

"먼저 집에 전화를 걸어야겠어요. 임시로 여기 머물고 여행은 다음으로 미룬다고 가정부에게 알려줘야겠어요."

"여행을 가려던 참이었다고 하셨죠? 연락이 닿아 다행이군요! 어디로 떠날 계획이었습니까?"

"코르푸 섬으로요. 내 생애에서 처음 갖는 중요한 여행이었는데……."

"뭐라구요? 아직 인도에 가 본 적이 없다니……. 그러면 대체 인도의 동물계에 대한 그 놀라운 지식은 어디서 얻은 겁니까?"

남작은 몇 분 전 종잡을 수 없는 두려움에 휩싸여 망가뜨렸던 인상을 만회하려는 듯 가볍고 편안한 마음으로 이야기하려고 애썼다.

"책에서요."

키르히아이젠이 대답했다.

"책에서요, 남작님. 동·식물학 쪽으로 박사 논문을 썼거든요."

"나 때문에 휴가를 미루신 건가요?"

"꼭 그런 건 아닙니다. 부분적으로는 연구 목적도 있어 코르푸 섬으로 가려고 했습니다. 그 섬의 파충류는 정말 관심거리거든요. 이제 그만 제 방에 가도 괜찮겠습니까?"

그 날 저녁, 박사는 놀라운 발견을 기대하고 있었다. 방에서 편한 자세로 저녁신문을 뒤적이다가 잠시 벽에 붙은 알프스의 풍경을 감상했다. 그러다 집에 전화를 하려고 했던 생각이 나 벨을 눌렀다.

하지만 몇 분을 기다려도 아무도 오지 않았다.

다시 벨을 눌렀다. 이번에도 사방이 조용했다.

박사는 화가 났다. 초조하게 방 안을 왔다갔다하다가 다시 벨을 눌렀다. 아무런 움직임도 없었다. 이번에는 벨을 마구 눌러댔다. 그러나 벨 소리를 들은 사람이 없는 것 같았다. 참지 못한 박사는 복도로 나가 사람을 불렀다.

마침내 누군가가 옷도 제대로 입지 않은 채 어기적거리며 올라왔다. 그 사람은 하인이 아니라 남작이었고 박사 앞에서 가쁜 숨을 쉬고 있었다.

"용서하십시오, 남작님! 쉬시는 걸 방해해서 정말 미안합니다. 방 청소하는 아가씨를 불렀는데…… 집에 전화를 하고 싶었을 뿐입니다."

박사가 사과를 했다.

남작은 아직도 숨을 헐떡이며 말했다.

"필립이 벌써 자나 봅니다. 내가 직접 당신 집에 전화를 하지요."

"직접 수고하시지는 마십시오, 남작님. 그런데 다른 하인들은 어디 있기에 아무도 오지 않았습니까?"

남작이 당황해 하며 대답했다.

"집 안에 다른 하인은 없소."

"농담이시겠지요? 이렇게 큰 집의 일을 늙은 필립 혼자서 다 한다는 겁니까?"

"그런 건 아니오. 다른 하인들은 두 시간 전에 내보냈소. 내 곧 전화하지요. 전화번호가 17846이죠? 안녕히 주무시오, 박사."

남작의 딸

"안녕히 주무셨습니까? 남작님! 지금 막 환자에게 세 번째 주사를 놓았습니다. 상태가 좋아졌다면 좋아하시겠죠?"

남작은 흥분해서 박사의 손을 잡고 흔들었다.

"정원사가 일어날 수 있을까요? 말은 할 수 있을까요?"

"아니오. 그 정도는 아닙니다. 하지만 어젯밤엔 비교적 편안하게 보냈고 마비 증세도 많이 좋아졌습니다."

"정말이오?"

남작이 소리치며 침대 가까이 다가왔다.

"울람 싱! 내 말이 들려? 울람 싱!"

환자는 꼼짝도 하지 않았다. 두 눈은 천장만 뚫어지게 바라보고 있었고 입의 왼쪽 부분은 아래쪽으로 비스듬히 처져 있었다. 생기라곤 찾아볼 수 없는 얼굴이었다.

"건드리지 마세요!"

박사는 남작에게 주의를 주었다.

"아직까지 의식이 없어서 남작님의 말을 전혀 알아듣지 못합니다."

"알아듣지 못한다구요?"

남작이 침울하게 말했다.

"하지만 그래도 나아지고 있는 건 분명하죠?"

"예, 조금. 우리 나라 같은 기후에서는 틱 팔루가의 독이 서서히 퍼지나 봅니다. 열대 지방에서보다는 독성도 약하고……. 이렇게밖에는 설명할 수가 없군요. 하지만 지금 상태로 봐선 걱정하실 필요가 없습니다."

"지금이라."

남작은 맥없이 이 말을 되풀이했다.

"아쉬워. 너무 아쉬워."

박사가 남작의 얼굴을 살펴보며 말했다.

"지금 새로 주사를 맞았으니 몇 시간 동안은 절대적인 안정이 필요합니다. 적어도 정오까지는요. 남작님도 좀 쉬시는 게 좋겠습니다. 간밤에 잘 주무시지 못한 것 같은데요."

"이런 일이 일어났는데 내가 어떻게 잠을 잘 수 있겠소. 울람 싱이 죽어버리고 난 다음 우리가 겪을 일을 생각하면 결코 편히 잠을 잘 수가 없어요."

키르히아이젠 박사는 남작을 눈여겨보았다. '멋진 남작'은 전혀 멋져 보이지 않았다. 멋져 보이기는커녕 오히려 고위

직에 35년 이상 근무한 고집스러운 영감처럼 보였다.

"그 뱀 때문에 혹시 경찰에 시달릴까 봐 걱정하시는 것 아닙니까. 그래서 불안하신 거죠?"

"아니오."

남작이 고개를 저으며 대답했다.

"그건 아니오. 아니 조금 그렇긴 해요."

그리고는 잠시 후 다시 말을 이었다.

"박사, 울람 싱이 다시 일어나서 전처럼 자유롭게 돌아다닐 수 있겠소?"

"그건……."

박사는 가능성이 없다고 말하려 했다. 하지만 남작이 이상하게 흥분하는 것을 보고 점점 더 의아한 느낌이 들어 말을 멈추었다. 그리곤 남작을 더 흥분시키지 않기 위해 입을 열었다.

"가능성이 전혀 없는 것은 아닙니다."

"가능성이 전혀 없는 것은 아니다."

남작은 말끝마다 힘을 주어 말했다.

"알겠소, 박사."

남작은 생각에 잠긴 듯 방 안을 천천히 왔다갔다하더니 이윽고 박사 앞에 멈춰 섰다.

"그렇다면 내게 한 가지만 약속해 주시오. 정원사가 회복

하지 못하고 죽게 될 경우에 사실대로 말해 주시겠다고 말이오. 몇 시간 전에는 반드시 알려주셔야 합니다. 적어도 한 시간 전에는……."

"물론입니다, 남작님께서 그렇게 말씀하시는데."

"그렇게만 되면 괜찮아요."

남작이 말을 마치고 한숨을 쉬었다.

"그렇게만 되면 모든 게 다 괜찮아질 겁니다. 한 시간 전이라면 시간은 충분해요."

"뭘 하시는데요? 뭘 하는 데 시간이 충분하다는 거죠?"

남작은 단어를 하나하나 생각해 내는 듯 아주 천천히 대답했다.

"그 정도면 울람 싱이 죽기 전에 꼭 해야 될 일을 마칠 수가 있을 겁니다."

"꼭 해야 될 일이라뇨?"

박사가 반은 미심쩍은, 그리고 반은 궁금한 마음으로 물었다.

"그게 무슨 일인데요?"

"제발 날 좀 가만 두시오! 그 이야기는 하고 싶지 않아요."

남작은 말을 마치고 나서 뒤통수의 통증을 털어내기라도 하듯 머리를 쓰다듬었다.

"좋으실 대로 하시죠. 남작님 문제에 개입할 생각은 추호도 없으니까요."

박사는 창가에 서서 남작의 얘기를 건성으로 들으며 정신을 다른 데 팔고 있었기 때문에 반쯤은 사무적으로 대답했다. 저 아래 정원에서 보이는 이상한 장면에 정신이 팔렸던 것이다.

어린아이가 굴렁쇠를 가지고 노는 것은 시선을 끌 만한 일이 아니다. 아이의 움직임이 우아하고 날렵하면 물론 매력적인 구경거리이긴 하지만, 인문학과 의학 박사 학위를 지닌 키르히아이젠 박사가 주변 일이 어떻게 되어 가는지도 모르고 홀린 듯 정원을 내려다 볼 만한 일은 아니었다.

하지만 풀밭과 별장 건물 사이의 빈터에서 뛰어 노는 말괄량이는 어린아이가 아니라 성숙한 처녀였다.

'저렇게 다 큰 처녀가 아이처럼 굴렁쇠를 가지고 놀다니!'

그녀는 키가 크고 날씬한 데다 얼굴까지 갸름했으며, 목덜미에는 느슨하게 땋은 금발이 찰랑거리고 있었다. 그녀의 옆을 향해 작고 하얀 폭스 테리어 한 마리가 뛰어올랐다.

'저런! 굴렁쇠가 넘어졌군! 얼마나 화가 났을까?'

그녀는 얼마나 화가 났는지 발을 동동 굴렀다. 한 번, 두번, 세 번, 그리고 또 한 번! 그녀는 어린아이들이 하는 놀이에 잔뜩 열중해 있었다. 그녀는 다시 굴렁쇠를 굴리며 쫓아갔다. 발목은 또 얼마나 예쁘고 아름다운지!

굴렁쇠가 또다시 넘어졌다. 슬픈 모습으로 서서 머리를 절망적으로 흔드는 모습이라니! 이번에도 굴렁쇠가 넘어진 것은 작은 폭스 테리어 때문이었다.

프란츠 키르히아이젠 박사. 지금까지 상당한 명성을 쌓아 왔고 진지한 학자였던 그는 갑자기 저 아래 정원에서 아가씨와 함께 뛰놀고 싶은 강렬한 욕구가 솟았다.

'사실 저건 아주 재미있는 놀이일 뿐이야. 모두가 생각하는 것처럼 수가 아주 적은 것도 아니지. 어쩌면 지금 상류층에서 막 유행한 놀이일지도 몰라. 내가 저 나이 때는 젊은 처녀들이 테니스나 크리켓을 더 많이 즐겼지만 말이야. 유행! 그것 역시 바뀌기 마련이지……'

박사는 남작에게 물었다.

"저기 저 밑에 있는 젊은 아가씨가 남작님의 따님입니까?"

"젊은…… 아가씨?"

남작은 멍한 표정이 되어 같은 단어를 되풀이하면서 창가로 걸어갔다.

"그래요! 내 딸 그레틀이오!"

그는 갑자기 말을 멈추고 두 눈썹을 모으며 박사를 찬찬히 살펴보았다. 그리고 나지막이 물었다.

"내 딸을 아십니까?"

"아닙니다. 아직 그런 기회가 없었습니다. 그럴 만도 하죠. 저는 거의 아무 데도 가지 않고 방에서만 지냅니다. 모임에도 잘 가지 않고 더구나 무도회에는 한 번도 가본 적이 없습니다."

"당신은 저 애가 무도회에 간다고 생각하십니까?"

남작이 소리를 높이며 쉰 목소리로 짧게 웃음을 터뜨렸다. 웃다가 그는 기침을 했다.

"아니오! 내 딸아이는 한 번도 무도회에 간 적이 없소! 그건 그렇고. 박사, 아침식사를 하러 갑시다."

"저에게 너무 신경 쓰지 마십시오, 남작님. 환자의 아침 체온을 재고 나서 잠깐 몸단장을 하겠습니다. 먼저 가시죠."

"오늘은 날씨가 맑고 햇볕이 좋아서 테라스에 상을 차리도록 했소. 그럼 거기서 기다리겠소, 박사!"

30분 후, 키르히아이젠 박사가 테라스에 들어서자 남작이 접시와 그릇이 놓여진 식탁 옆의 커다란 안락의자에 앉아 있다가 박사를 맞으며 물었다.

"그래, 불쌍한 울람 싱은 좀 어떻소?"

"여전합니다. 열이 조금 오르긴 했지만 아침 체온이라는 점을 고려할 필요가 있습니다."

남작이 박사를 식탁으로 이끌었다. 키르히아이젠 박사는 주위를 둘러보았다. 가을 나뭇잎의 수백 가지 색조가 그를 황홀하게 했다. 회교 사원 양식으로 지어진 작은 온실은 이국적인 냄새가 풍겼지만 그것 말고는 아주 평온했으며, 섬뜩했던 느낌은 모두 사라지고 없었다.

자리에 앉자 비로소 정원 전체가 시야에 잡히며 길과 건물 하나하나에 스며든 정성이 고스란히 느껴졌다. 테라스 앞의 고운 자갈밭이 조금 흐트러져 있었는데 그건 그레틀이 굴렁쇠로 만든 자국이었다. 키르히아이젠 박사는 정원을 굽어보다 그레틀이 굴렁쇠를 굴리던 모습을 떠올리며 웃었다.

"아침식사가 변변치 못하더라도 양해해 주십시오."

남작은 이렇게 말하며 박사의 찻잔에 차를 따라주려고 했다. 그 때 남작의 손이 너무 심하게 떨려 키르히아이젠 박사는 가만히 찻주전자를 받아 손수 자기 잔에 따랐다.

"집에 아무도 없어서 필립이 아침식사를 준비했습니다."

"남작님, 무엇 때문에 하인들을 그렇게 서둘러 내보내셨습니까?"

"그럴 만한 이유가 있소!"

남작은 짤막하게 말했다.

"하인들이 무슨 일을 저질렀습니까?"

남작은 궁색한 변명이라도 찾는 듯 잠시 생각에 잠겼다.

"내가 내보낸 게 아닙니다. 하인들이 있으려고 하지 않았소. 뱀이 집 안에서 설치니 섭섭하다고 할 수도 없지요. 박사, 설탕을 찾으시오? 오, 필립이 깜박 잊었군요. 나는 항상 설탕 없이 차를 마시거든요. 인도의 영국 사람들이 하는 것처럼 비스킷으로 달게 해서 마시죠. 한 번 해 보시지 않겠습니까?"

필립이 나타나서 편지 묶음과 신문을 식탁에 올려놓았다.

"죄송합니다만 잠깐 우편물을 살펴보겠습니다."

남작이 박사에게 양해를 구하고 나서 편지 한 통을 집어 들었다.

"마침내 왔군! 내가 오랫동안 기다리던 투어링 클럽의 초청장이오. 티베트 여행에 대해서 슬라이드 강연을 해달라는 겁니다. 하지만 티베트의 이비가민 협곡을 찍은 슬라이드가 아직 완성되지 않아서 아깝지만 포기해야겠어요. 이비가민 협곡은 결코 쉬운 곳이 아니죠. 그 높이가 얼마인지 아십니까? 6,240m나 되죠. 이 협곡은 가르발에서 티베트로 가는 길목에 있지요."

키르히아이젠이 관심을 보이며 이야기했다.

"저도 조금 들은 게 있습니다. 남작님께선 젊었을 때 가장 진취적이고 성공적인 등산가 가운데 한 사람이셨더군요."

"젊었을 때라……. 그래요!"

남작은 말을 하고 나서 갑자기 아주 침울해졌다.

"그래요, 등산을 매우 즐겨 다녔소. 무엇보다 산을 사랑했으니까요. 내가 젊었을 때 말이오. 가파른 암벽, 바위로 된 협곡, 절벽의 갈라진 틈, 바람 부는 산마루……. 이젠 이 모든 것을 잊어야만 하다니! 박사, 난 그럴 수 없소. 그럴 수가 없어요!"

"아, 하지만 남작님께서는 이렇게 불가피한 일에 대비할 시간이 몇 년 정도는 있지 않았습니까. 그 동안 고통이 사라졌을 법도 한데요!"

"박사! 날 다시 젊어지게 해 주시오! 오, 그렇게만 해 줄 수 있다면."

키르히아이젠 박사가 웃으며 말했다.

"인류의 오랜 꿈이지요!"

"그렇게만 해 주실 수 있다면!"

남작은 나지막이 되풀이해 말하더니 앞을 노려보았다.

"남작님께서는 방 안에만 틀어박혀 산 사람들보다 훨씬 젊게 정열적으로 사셨습니다. 끝까지 젊음을 누리셨고 이제는……."

남작이 갑자기 격하게 소리쳤다.

"그렇지 않소! 끝까지라니! 맙소사, 말도 안 돼!"

박사가 식탁에서 몸을 일으키며 말을 마쳤다.

"식사가 끝나면 식탁에서 즐겁게 일어서는 게 요즘의 지혜이지요. 그걸 배우셔야 합니다. 저기 따님이 오시는군요."

박사의 건너편 벽에는 거울 하나가 비스듬히 걸려 있었

다. 박사는 그 거울을 통해 정원을 보고 있었는데 굴렁쇠를 어깨에 메고 자갈길을 지나 테라스로 뛰어오는 남작의 딸이 보였던 것이다.

"어디 말이오? 내 딸이 어디 있소?"

"저기 거울에 보이지 않습니까?"

박사가 손으로 벽을 가리켰다.

키르히아이젠 박사는 남작의 집에서 몇 시간 동안 머물면서 이미 이상하고 혼란스러운 일들을 많이 목격했지만 남작의 변덕은 보통의 괴팍한 노인들에게서 볼 수 있는 것보다 훨씬 더 엉뚱했다.

"맙소사! 그걸 잊고 있었군!"

남작이 갑자기 놀라 외쳤다.

"박사, 서둘러 날 도와줘요. 저 거울을 치워야 합니다!"

키르히아이젠 박사는 머리를 갸우뚱거리며 거울을 벽에서 떼어 내려고 했다. 하지만 무거운 거울은 고리에 걸려서 떨어지질 않았다.

"어서 빨리! 그 애가 벌써 계단을 올라오고 있소."

"누구라구요?"

"그레틀!"

"떨어지질 않는군. 내 지팡이가 어디 있지? 거울을 깨버려야겠어."

박사가 미처 영문을 알기도 전에 남작이 지팡이 손잡이로 거울을 사정없이 내리치자 거울이 '쨍그랑' 소리를 내며 산산조각 났다.

"그렇지!"

남작은 벽에 거울의 빈 틀만 걸려 있는 걸 보고 만족해했다. 그리고 지팡이를 식탁 위에 놓고 숨을 들이쉬었다.

"나는 그레틀이 거울을 보는 것을 좋아하지 않습니다. 그레틀처럼 예쁘고, 젊은 처녀는 허영이 생기기 쉽지요."

키르히아이젠 박사는 어안이 벙벙해 남작의 얼굴만 쳐다볼 뿐이었다. 바로 그 때 박사의 등뒤에서 그레틀의 명랑한 목소리가 들렸다.

"아빠! 거울이 깨졌어요! 7년 동안 재수가 없겠어요! 7년 동안!"

남작의 딸이 서 있었다. 아니, 정확히 말해 발을 번갈아가며 껑충껑충 뛰고 있었다. 그녀는 군인들이 외투를 둘둘 말아 짊어지듯이 굴렁쇠를 어깨 위에 걸치고 있었다. 두 손에는 뭔가 짤랑거리는 소리가 나는 것을 들고 있었다.

'저게 대체 뭘까?'

막상 그녀를 가까이 앞에 두고 보니 상상했던 것보다 나이 들어 보였다. 스무 살쯤 될 거라고 짐작했는데 스물 넷은 넘어 보였다. 그녀의 얼굴은 살짝 시들어 가는 기색을 띠고 있었는데 그 때문에 남다르게 세련된 인상을 주었다.

키르히아이젠 박사가 살짝 머리를 숙여 인사를 했지만 남작의 딸은 못 본 체했다. 다시 인사했지만 크고 파란 눈을 들어 힐끗 보기만 할 뿐이었다.

남작의 딸이 짤랑거리는 물건을 탁자 위에 올려놓았다. 그것은 점토 위에 니스를 칠한, 등에 큰 구멍이 난 저금통으로 키르히아이젠 박사가 여섯살배기 어린아이였을 때 가졌던 저금통과 비슷한 것이었다.

"아빠! 1크로네만 주세요!"

늙은 남작의 얼굴에 웃음 같은 것이 스쳐갔다. 움직이는 게 힘이 들어서인지 그는 신음소리를 내며 지갑을 꺼내 딸에게 돈을 건네주었다. 그녀는 동전을 저금통에 집어넣고 흔들며 동전이 짤랑거리는 소리에 귀를 기울였다. 그러더니 갑자기 외쳤다.

"이제 아주 충분해. 곧 확인해 봐야지."

그리고는 스물네 살이나 된 처녀가, 가끔은 기분 전환으로 바닥에 무릎을 꿇고 앉아도 괜찮으며 아주 자연스러운 일이라는 듯, 조금도 주저하지 않고 베란다 유리 바닥에 꿇어 앉았다.

그리고선 저금통을 바닥에 던져 깨뜨려 동전을 세기 시작했다.

'정말 매혹적이군! 스물네 살의 말괄량이, 얼마나 자연스러운가!'

박사는 이렇게 생각하며 남작에게 부탁했다.

"따님을 소개시켜 주시지 않겠습니까?"

남작은 한 순간 멍하니 박사를 바라보았다.

"소개시켜……. 아, 이런……. 그렇지. 그레틀, 이분이 우리 불쌍한 울람 싱을 다시 건강하게 만들어 주실 박사님이란다. 인사드리렴."

키르히아이젠 박사는 넥타이를 바로잡고 한 걸음 앞으로 나와 인사를 했다. 그러나 남작의 딸은 건성으로 손끝을 내밀었을 뿐 그 이상은 눈길도 주지 않은 채, 계속해서 동전만 셌다.

'내가 마음에 들지 않는 모양이야! 나는 그녀에게 관심도 없는 존재일 뿐이란 말인가! 놀랄 만한 일도 아니지. 분명 젊은 사람들이 수없이 구애를 하고 알랑거릴 테니까 말이야. 내가 더 세련된 사람이면 몰라도…….'

키르히아이젠 박사는 매우 낙담했으며 마음에 상처를 입었다.

"와!"

갑자기 남작의 딸이 소리를 질렀다.

"36크로네다! 아빠, 나흘만 있으면 케르텐 거리에 진열되어 있는 한지를 살 수 있어요!"

그녀는 벌떡 일어나 굴렁쇠를 집어 들고 계단을 내려갔다. 곧이어 그녀의 푸른 치마가 초원 위에서 펄럭거렸다. 그 뒤를 강아지 빌리가 따라 가며 짖어댔다.

"한지가 고양이인가요, 강아지인가요?"

젊은 처녀에게 홀린 듯, 넋을 잃고 바라보던 키르히아이젠 박사가 물었다.

"아니오."

남작이 대답했다.

"한지는 인형입니다. 내 딸은 인형을 가지고 놀기를 좋아하죠."

의혹

문에 서 있던 필립이 알렸다.

"나리, 9시 45분입니다. 아씨께서 곧 이리 오실 겁니다."

남작은 깜짝 놀라면서 벌떡 일어나 손으로 시계를 더듬더듬 찾으며 하인을 바라보았다.

"필립, 어떻게 하지?"

그러나 하인도 어깨를 움츠릴 뿐이었다.

"나리께서 집에 안 계신다고 할까요? 말을 타고 외출했다고 할까요?"

박사는 터무니없다고 생각했다.

'집에 있으면서 거짓말을 하려고 말을 타고 외출했다는 핑계를 대려 하다니……. 대체 이 늙은 양반이 말 위에 오를 수 있다고 하면 누가 믿겠어. 안락의자에서 일어나는 것도 몹시 힘들어하는데 말이야.'

남작은 잠시 생각을 하더니 박사에게 말했다.

"늘 이 시간이면 약혼녀가 날 데리러 오지요."

박사는 깜짝 놀라 남작을 바라보며 물었다.

"약혼을 하셨다구요?"

"모르고 계셨습니까?"

남작이 웃으며 되물었다.

"그럼 약혼녀가 누군지도 모르시겠군요. 나는 멜리타 치글러와 약혼했소. 그 이름은 들어 보셨겠죠?"

"어디서 듣긴 들었는데. 지금 당장은 어디서 들었는지 잘 모르겠군요."

"부르크 극장의 주연 배우인 멜리타 치글러를 모르실 리가 있나요?"

"예. 이름이야 알지만 개인적으로는 모릅니다. 한 번도 그녀를 만난 적이 없으니까요. 극장에서조차 말이죠. 나는 극장에 가지 않으니까요. 대신 버라이어티 쇼에는 가끔 갑니다. 그것도 동물 곡예가 있을 때만 가지요. 동물 곡예는 매우 흥미롭답니다."

"몇 분만 있으면 내 약혼녀를 만나게 될 거요. 그래서 말인데, 당신에게 큰 부탁을 드려야겠소."

"어서 말씀하십시오, 남작님!"

"솔직히 말씀드리면 오늘 몸과 마음 모두 약혼녀를 맞이할 형편이 아니오. 그러니 박사가 마중 나가 그녀에게 내가 편치 않다는 변명을 좀 해 주시오."

박사는 '물론이지요' 하고 마음속으로 대답했다.

'평소에는 이 노인네가 젊게 보이려고 머리를 염색하는데
오늘은 흥분한 나머지 그걸 잊어 먹었을 거야. 하긴 그녀도
마찬가지겠지. 늙은 여배우라면 염색과 화장을 할 테고, 그
렇게 서로가 서로를 속이는 거지.'

"박사, 혹시 더 좋은 생각이 있으신지? 아니 그냥 내가 승
마중에 말에서 떨어졌다고 하시죠! 부상은 없고 신경 쇼크
만 조금 받았다고. 그래, 그게 좋겠소. 하지만 그녀를 걱정
시켜서는 안 되니 부상은 없다고 하고, 그저 가벼운 쇼크일
뿐이니 이틀만 지나면 된다고 말이오."

'이런······. 이 늙고 허약한 노인이 말을 탔다고 얘기하면
그녀가 날 웃긴다는 듯이 쳐다보겠지?'

이런 생각이 박사의 머리를 스쳐갔다.

"내 약혼녀가 무조건 날 보려고 하면 내 작업실로 데리고
가십시오! 하지만 딱 5분만 머물 수 있게 하세요. 의사로서
더 이상의 시간은 허락할 수 없다고 말이오. 필립, 무슨 일
인가?"

"마차가 지금 현관 앞을 지나고 있습니다!"

"그레틀은 어디 있지?"

"방에 계십니다."

"그럼 그 문을 잠그게! 치글러 양이 집에 있는 동안 그레틀이 제 방에서 나와선 안 돼."

남작은 박사의 놀란 눈을 보고 애써 웃음을 지으며 설명했다.

"그레틀과 내 약혼녀는 사이가 좀 안 좋거든요. 하지만 당분간만 그럴 뿐, 시간이 지나면 곧 괜찮아질 겁니다. 그건 그렇고 필립, 서둘러! 그리고 박사, 부상이 아니고 가벼운 쇼크입니다. 아시겠죠!"

박사는 빠른 걸음으로 계단을 내려가 햇빛이 밝게 비치는 홀과 자갈길을 거쳐 격자대문으로 향했다. 거기엔 이미 이륜마차가 도착해 있었다.

마차에 앉아 있던 키가 크고 젊은 숙녀가 자리에서 훌쩍 내리더니 은제 마구로 치장된 붉은 말 옆으로 걸어왔다.

그리고는 하인에게 소리쳤다.

"설탕을 가져와요!"

하인이 작은 상자를 내밀자, 그녀는 안에 들어 있는 설탕을 자신의 손바닥에 쏟아 부었다. 그녀가 말에게 설탕을 먹이는 동안 키르히아이젠 박사는 여유를 갖고 그녀를 찬찬히 살펴보았다.

'어이쿠!'

늙수그레한 여배우일 것이라고 생각하고 있었는데 그게

아니었다. 전혀 달랐다! 생기발랄하고 젊은 여자로 결혼하면 딸이 될 그레틀보다도 겨우 두 살 정도 더 많아 보일 정도였다.

'그러니 둘이 사이가 좋지 않을 수밖에…….'

키르히아이젠 박사는 제비꽃 모양을 한 모자 사이로 자연스러우면서도 매력적으로 물결치는 밤색 머리칼과 기품 있게 생긴 코와 크고 검은 눈으로 이루어진 고운 얼굴을 넋을 잃고 바라보았다.

'이렇게 매혹적인 여자가 늙은 남작과 결혼을 하다니! 도대체 어떻게 이런 연분이 가능하지! 그 늙고 쇠약한 남자와 이 생기발랄하고 젊음이 넘치는 미녀와의 결합. 이것을 어떻게 이해할 수 있단 말인가! 아 그렇지, 아주 간단한 걸 가지고. 돈 많은 백만장자와 젊고 아름다운 여배우! 미녀는 아름다운 옷과 비싼 보석이 필요하지. 이륜마차를 보면 다 알 수 있어. 모든 게 뻔해.

남작의 약혼녀가 아니라면 그녀는 히칭까지 전차를 타고 가야 해. 그 늙은 남작이 이 젊고 매력적인 여자의 몸을 사느라고 얼마나 많은 돈을 쏟아 부었을까! 그래, 일종의 장사지. 맞아, 그러면서도 서로 상대방을 완벽하게 속였다고 믿고. 그나저나 그게 나와 무슨 상관이지. 나는 내 할 일이나 해야겠군.'

그 때까지도 여배우는 박사가 와 있는 걸 알아채지 못했다. 말에게 먹이 주기가 끝나 하인에게 고삐를 맡길 때에야 비로소 그녀의 눈이 키르히아이젠 박사 쪽을 향했고, 박사는 그녀에게 가볍게 허리를 굽혀 인사를 했다. 그녀가 놀란 눈으로 박사를 바라보았다.

"오늘 제가 이렇게 당신을 영접하는 걸 용서하십시오."

"펠릭스는 어디 있죠? 남작님은 어디 있어요?"

그녀가 초조한 눈빛으로 물었다.

"그러니까……, 우선 제 소개를 하죠. 키르히아이젠 박사입니다."

"멜리타 치글러예요. 부르크 극장의 단원이죠."

"반갑습니다. 남작님께서 절 부르셨답니다."

"도대체 무슨 일이 생긴 거죠?"

'어렵쇼! 정말 얼굴이 창백해지네. 그를 매우 걱정하는 기색인데, 아니면 대단한 연기일지도…….'

"별것 아니오. 아무것도 아니니……."

여배우는 매우 심각해져서 박사의 팔을 잡았다.

"남작님에게 무슨 일이 생겼군요! 아픈가요? 병이라도 났나요? 말 좀 해 주세요."

"말을 타다가 작은 사고가 났습니다. 말에서 떨어졌죠."

박사는 머뭇거리며 대답을 했다. 왜냐 하면 너무나 뻔한 거짓말이어서 그 말을 입에 올리는 데는 자제력이 필요했기 때문이었다.

그런데 이게 웬일인가. 멜리타 치글러는 그의 말을 믿는 기색이었다. 노쇠한 남작이 단 일 초라도 안장에 앉아 있을 수 있다는 것이 그녀에겐 전혀 이상하지 않은 모양이었다.

"부상을 입었군요! 심하게 다쳤나요?"

그녀의 목소리가 떨리고 있었다.

"전혀 그렇지 않아요. 부상이라뇨, 천만에요."

박사는 그녀를 진정시켰다.

"그저 가벼운 신경 쇼크를 받은 것뿐이랍니다."

그녀의 손이 그에게서 떨어지더니 축 처졌다.

"휴, 다행이네!"

그녀는 이렇게 속삭이며 격자대문에 몸을 기댔다.

"박사님, 그렇다면 그이에게 가 보겠어요. 어쩌다가 그런 일이 일어났죠?"

'이런, 이런! 어떻게 사고가 일어났느냐고? 내가 그걸 어떻게 알지. 좌우간 그녀에게 뭐라고 설명해 줘야 하는데! 남작에게 약속한 것도 있고……'

"예, 그러니까 어젯밤이었죠!"

일단 설명을 하기 시작하자 말이 술술 풀려 나왔다. 재빨리 승마 사고 하나를 머릿속에 생각해 두었던 것이다.

"가로수가 시작하는 길목에서 그랬답니다. 가로등은 꺼져 있었고……."

"어떻게 그럴 수가!"

여배우가 외쳤다.

"그게 빈의 행정이에요! 어디 제대로 된 게 있어야죠."

"사고가 대체 어떻게 일어났는지는 나도 잘 모릅니다. 누가 자전거를 타고 가다 '찌르릉' 소리를 내자 말이 깜짝 놀란 것 같습니다. 그 사람이 달려와 보니 남작님은 가볍게 기절해 땅에 누워 있었고. 그래서 전화로 의사를 부르려고 급히 가까운 커피 숍으로 달려갔죠. 하지만 전화를 할 필요가 없었어요. 제가 우연히 그 집에 앉아 있었으니까요. 제가 남작님을 봤을 때는 이미 의식을 되찾은 상태였고 피부에 긁힌 상처와 가벼운 신경 쇼크, 그 정도였어요. 내일이면 방에서 나와 돌아다닐 수 있을 겁니다."

"지금 좀 보게 해 주세요! 침실에 누워 있나요?"

"아뇨, 작업실에요. 하지만 환자에게는 절대적으로 안정이 필요합니다."

"그렇게 심한 상태인가요? 날 찾지는 않던가요? 왜 내게 바로 전화하지 않았죠? 어젯밤에라도……."

"그럴 정도는 아니었습니다. 부인을 불안하게 할 필요는 없었죠. 심각하게 생각하실 건 없습니다."

"그럼, 그 이를 만나게 해 주세요."

"그렇게 해야 안심이 된다면 좋습니다. 남작님을 흥분시키거나 상태를 악화시키는 일을 피해 주신다고 약속하면 딱 5분만 면회를 허락하겠습니다."

"그야 물론이죠! 박사님께 약속하겠어요!"

꾀병 환자의 방문 앞에 이르러 키르히아이젠 박사는 여배우와 헤어졌다. 박사는 그 사이에 얼른 울람 싱을 살펴보고 한두 시간 자리를 비워도 되는지 확인할 셈이었다. 집에서 가져와야 할 게 많았던 것이다. 박사는 조용히 침대로 다가갔다.

울람 싱은 꼼짝 않고 누워 잠을 자고 있었다.

'증세가 나쁘진 않군. 헛소리를 하지 않는 한 당장 위험은 없어. 침투한 독에 대항해 인간의 몸이 이렇게 강력히, 장렬하게 싸우다니 정말 놀라운 일이야. 하지만 이 환자의 경우에는 그러한 싸움이 무의미해. 독이 결국은 이길 테니까. 그때까지 독과 인체의 변화무쌍한 싸움은 계속될 거야. 악질적인 적이 서서히 진격하면 끈질긴 방어가 따르고, 그러다 재빨리 기습을 시도하고. 방금 전에도 공격을 물리쳤을 거야! 지금은 휴전인 셈이지. 그래서 지금 울람 싱은 자고 있는 거야.'

키르히아이젠은 이렇게 혼자 중얼거리며 시계를 보았다.

'5분이 지났군. 이제 두 사람에게 가 봐야겠어. 그녀가 화를 내겠지. 진정으로 그 노인네를 좋아하는 것 같아. 한창 젊은 여자가 자기 할아버지뻘은 안 되겠지만 그래도 아버지 연배는 족히 될 늙은이를 사랑하다니! 종종 여자들의 감정은 알 수가 없다니까.'

박사는 작업실 문을 두드렸다.

"들어오세요!"

여배우의 목소리가 들렸다.

"오, 벌써 나를 데리러 오시는군요. 그런데 왜 그러고 계세요. 어서 들어오세요! 박사님, 뭐 걱정되는 거라도 있으신가요?"

키르히아이젠 박사는 안으로 들어서다 흠칫 놀라 문을 열어둔 채 그냥 서 있었다. 방이 아주 컴컴해서 눈으로는 그 어떤 물체도 알아볼 수 없었던 것이다. 단지 박사가 열어놓은 문을 통해 넓은 햇살이 들어와 방의 일부를 밝혀줄 뿐이었다.

"어서 문을 닫아요!"

남작의 목소리가 박사에게 들려왔다.

"이렇게 컴컴하게 하고 있으라고 당신이 직접 지시하지 않았소!"

'난 아무 말도 안 했는데……'

박사는 문을 닫은 후에도 잠시 동안 어둠 속에 멍하니 서 있었다.

다시 남작의 소리가 들렸다.

"아이고, 우리 아기. 이제 그만해야지!"

그가 익살을 떨며 하는 소리였다.

"박사님은 엄하신 분이야. 박사님 말을 따라야지."

여배우가 물었다.

"그럼 오후에 다시 와도 되나요?"

남작이 아쉽다는 듯이 말했다.

"나도 그러면 좋지. 하지만 박사님이 허락하지 않으셔!"

"그럼 내일은요? 내일 이 시간에는."

"내일은……."

남작은 같은 말을 되풀이하며 한동안 말을 잇지 못했다.

"그래, 내일까지 모든 것이 잘 되길 바래야지. 그럼, 잘 가요!"

"이제 가실까요?"

박사는 여배우가 방에서 나올 수 있도록 문을 활짝 열어 주었다.

멜리타 치글러는 눈을 감고서 손으로 양산처럼 앞을 가리고 말했다.

"어찌나 눈이 부신지……. 그런데 왜 그렇게 방을 어둡게 하고 있으라고 하셨죠? 박사님! 혹시 남작님이 눈도 다치셨나요?"

"그런 건 아니고……."

어두운 방을 보고 박사 자신도 몹시 놀랐으면서 이렇게 대답했다.

"남작님과 같은 경우에는 아주 어둡게 해놓고 있으라고 권하지요. 왜냐 하면 완전한 안정이 필요하거든요."

"제발, 모든 게 빨리 지나갔으면 좋겠어요."

"함께 그러길 빕시다."

"남작님을 매우 피곤하게 한 것 같아요. 볼 수는 없었지만 목소리가 전과 매우 달랐어요. 처음에는 전혀 딴 사람인 줄 알았죠."

"목소리가 이상하거나 변한 줄 알았습니까?"

박사는 관심을 보이며 다시 물었다.

"낯선 사람의 목소리 같았습니까?"

"예! 거의. 신경 쇼크라는 게 가볍게 볼 게 아닌가 봐요. 그런데 박사님도 어디 가시려구요?"

박사의 손에 모자와 지팡이가 들려 있는 것을 보고 여배우가 물었다.

"예, 얼른 집에 다녀오려구요."

"제1구역에 사세요? 그러면 저와 함께 가세요. 박사님,

자 어서 타세요. 기꺼이 모셔다 드리죠. 번거롭게 생각하지 마세요. 박사님 집 근처나 환승 도로나 원하는 곳에 내려 드릴게요. 대체 무슨 생각을 하세요. 박사님? 내 말은 전혀 듣고 있지 않으니."

키르히아이젠 박사는 다시 제정신이 아니었다. 남작의 딸이 곡예사처럼 웃으며 위험을 무릅쓰고 일층 창문에서 정원으로 사뿐히 뛰어내리는 걸 보느라 정신이 온통 일층 창에 가 있었다.

"저기 좀 보세요!"

키르히아이젠 박사는 그레틀을 가리켰다.

"저런 말괄량이 같으니! 어찌나 귀여운지!"

"아, 글쎄요."

여배우는 마차 안에 앉아 덤덤하게 말했다.

"괜찮으시면 지금 이리 올라오세요. 여자가 말을 몰고 그 옆에 남자가 앉아 있는 모양이 조금 우습게 보이겠지만 어색해 하진 마세요."

박사는 달리는 마차에서 가로수를 뒤로 스쳐 보내며 생각했다.

'남작의 딸과 계모가 될 이 여자는 정말 사이가 좋지 않은 것 같군. 멜리타 치글러는 불쌍한 아이를 공기처럼 대했어. 계모는 계모야! 옛날이나 지금이나 똑같아. 백설공주에 대

한 왕비의 질투 같은……'

한참 뒤에 여배우가 입을 열었다.

"아까 그 일로 어찌나 놀랐는지 저는 지금도 말을 할 수 없을 정도예요. 집에 닿으면 곧바로 누워 있어야겠어요. 내일 공연이 있는데 하인리히란 배우와 함께 해요. 뒤셀도르프에서 새로 왔는데 아실지 모르겠네요? 재주가 많은 친구죠. 그런데 열이 나면 침을 많이 튀겨요. 죄송합니다만 박사님. 그게 상대방에게 얼마나 불쾌한 일인지 모르시죠."

"짐작이 됩니다."

박사는 얼떨결에 대꾸했다.

"필립이 그레틀을 바로 시골의 이모집으로 보낸 것은 잘한 일이에요. 그 애까지 걱정할 필요는 없잖아요."

"누굴 시골로 보내요?

"그레틀, 내 약혼자의 딸 말이에요."

박사는 놀라 물었다.

"그래요? 누가 그렇게 이야기했죠?"

"펠릭스가요."

"남작님이 따님을 시골로 보냈다고 하시던가요?"

"그런 말괄량이에게 '따님, 따님' 하지 마세요. 우리끼리는 그 애를 늘 '꼬마'라고 불러요. 귀여운 녀석, 난 미래의 내 딸에게 홀딱 반했어요! 그리고 장난꾸러기예요. 지난 화요

일에 아버지와 함께 내 집에 점심을 먹으러 와서는 내 침대 속에 머리빗을 숨겨 놓았는데 저녁에 잘 때에야 그걸 알았어요."

"그러면 아까 창에서 내려온 처녀는 남작의 딸 그레틀이 아니었나요?"

"누구 말이에요?"

여배우가 물으며 입술을 삐죽거렸다.

"무슨 엉뚱한 생각이세요. 어떻게 그런 생각을……? 그 여자는 처음 보는 사람이에요. 하녀이거나 방 청소하는 아가씨겠죠."

박사는 입을 다물었다. 여배우가 남작의 소리를 듣고 전혀 다른 사람인 줄 알았다고 했을 때 문득 떠올랐던 의혹들이 갑자기 구체화되기 시작했다.

'그래서 방을 컴컴하게 했구나. 또 그래서 딸을 방에 가두었고…….'

"이제 잠시 이야기를 멈춰야겠어요. 마리아힐페 거리에 왔거든요. 여기서부터는 엉뚱한 길로 들어서지 않도록 주의해야 되니까요. 박사님, 내리고 싶으시면 말씀해 주세요. 이제 전차 길에서 나와야 돼요. 그렇지 않으면 경찰에게 걸리거든요."

치마 운디치 등반

키르히아이젠 박사는 습관의 노예나 다름없는 사람이었다. 매일 아침 하던 목욕을 11시에 하게 되자 생활의 질서가 흐트러져 짜증이 났다.

'생소하고 불편했던 히칭 별장의 욕실이 아니라 내 집에서 목욕을 하니 편하군. 어제부터 있었던 일을 되새겨 볼 수도 있고……'

박사는 침실로 들어서면서 이렇게 스스로를 위로하며 머리빗과 브러시를 들고 거울 앞에 섰다.

'한번 정리를 해 보자'

키르히아이젠 박사는 생각을 가다듬었다.

'일을 차례차례 점검해 보자. 내가 듣기로 남작은 등산가라고 했지. 그런데 내가 본 남작은 동맥경화 말기 증세를 보이는 노인이었어. 손님이 오면 없는 척 하거나 그것도 안 되면 아주 컴컴한 방에서 맞았지. 그리고 얼굴에 빛이 조금이라도 닿을 것 같으면 깜짝깜짝 놀라고. 또 누가 보는 걸 피했어. 정말 이상한 노인이야.

그뿐만이 아니야. 여배우는 남작의 목소리가 마치 아주 딴 사람처럼 변했다고 했어. 또 모든 하인들이 갑자기 별장에서 사라진 것도 이상해. 분명 뭔가 숨기는 게 있어. 나이든 필립만 남게 하고…… 그러면 필립이 모든 내막을 안다는 이야긴데. 그렇다면 단 한 가지 설명밖에 없지!'

키르히아이젠 박사는 머리빗과 브러시를 놓아 두고 방 안을 서성댔다.

그리고 결론을 이어갔다.

'수수께끼의 해답은……. 내가 별장에서 본 노신사는 남작이 아니라는 사실이야. '멋진 남작'이라고 내세우긴 하지만 근거가 없어. 모든 게 다 의심스러워. 말을 타다 떨어졌다는 핑계만 해도 그래. 그 힘없는 노인이 승마를 하다니! 그런데 여배우는 그 말을 듣고도 전혀 놀라지 않았단 말이야. 그녀에겐 아주 당연한 것처럼 보였어. 그래! 진짜 남작은 훌륭한 기수에 뛰어난 등산가일 가능성이 높아. 그리고 저 위에 사는 노인은 무슨 이유인지 모르지만 힘들게 '멋진 남작' 노릇을 해야 될 처지이고……'

박사는 서서 담배를 서너 모금 빨았다.

'또 어떤 증거가 필요할까. 여기까지 오는 동안 관찰한 것들을 보자! 멜리타 치글러는 남작이 딸이라고 했던 아가씨를 전혀 몰랐어. 청소부일 거라고 했지. 그리고 그 여자는 처음 보는 사람이라고……. 그녀의 아버지가 남작이 아닌 것처럼 그 매력적인 아가씨도 남작의 딸이 아닌 게 분명해. 그래서 그녀를 방에서 나오지 못하게 했겠지. 여배우의 눈에 띄지 않게 하려고 말이야.'

키르히아이젠 박사는 아침에 가짜 남작이 불안하고 의심에 찬 목소리로 묻던 장면이 떠올랐다.

'내 딸 그레틀을 아십니까?'

만일 키르히아이젠 박사가 '만난 적이 있습니다'라고 대답했다면, 남작은 멜리타 치글러에게 했던 것처럼 그녀를 나타나지 못하게 했을 것이다.

'어떤 목적으로 이런 장난을 하는 것일까? 혹시 무슨 범죄와 관련이 있는 걸까? 진짜 남작과 그 딸이 살해된 건 아닐까? 아니면 이 모두가 범죄의 준비 단계이고 이 일에 인도 정원사의 도움이 필요했던 것은 아닐까?

가짜 남작이 말했어, 꼭 끝내야 될 중요한 일이 있다고. 죽어 가는 울람 싱이 도대체 왜 필요한 걸까? 그리고 그 노인이 별장에서 남작 노릇을 할 때 진짜 남작과 그 딸은 어디에 있었을까? 둘 다 여행중인가? 아니면 죽은 것인가. 이 해답은 어떻게 찾아야 할까?'

키르히아이젠 박사는 혼자 이렇게 중얼거리며 거울 앞에 서서 넥타이의 매듭을 바짝 조여 맸다.

물론 '멋진 남작'과 '노쇠한 신사'가 서로 다른 사람일 거라는 가정만 가지고는 충분하게 해명되지 않는 점도 있었다.

'틱 팔루가는 어떻게 별장에 나타날 수 있었을까? 또 어떻게 산 채로 유럽까지 가져올 수 있었을까? 인도인 정원사가 그 독사를 고향에서 가지고 왔다고 하는데 그가 인도를 떠난 것은 일 년 반 전이었고, 뱀은 겨우 3개월밖에 되지 않은 놈이었어. 도무지 뭐가 뭔지 모르겠어.

거울을 깬 사건도 그렇지. '맙소사! 그걸 잊고 있었군!' 하고 남작이 소리쳤어. 그래, 그 집에서는 거울을 하나도 보지 못했어. 자기 딸에게 거울을 못 보게 하다니, 이상한 일이야! 혹시 그의 딸도 수상한 일에 관련되어 있지는 않을까.

뭔가 좋지 않은 일이 생긴 것만은 분명해, 끔찍한 일이…… 가짜 남작의 초조한 마음, 늙은 하인의 절망감, 아주 답답하고 으시시한 별장의 분위기를 보면 걱정이 돼. 제발 그 처녀는 아무것도 모르고 무슨 일이 일어나더라도 아무 관련 없길 바랄 뿐이야.'

키르히아이젠 박사는 그녀를 생각하며 불안하게 방 안을 서성댔다.

'우연히 남작의 집에 가게 되었지만 고마울 따름이야. 누가 그녀를 만나리라고 생각이나 했겠어! 나는 수 년 동안 여자와는 담을 쌓고 살았어. 여자에게는 관심도 두지 않고 항상 일과 책에 묻혀 살았지. 나는 그런 은둔자 같은 생활을 한 번도 후회해 본 적이 없어. 그리고 아직도 나는 그게 내 탓이 아니라 여자들 탓이라고 확신해.

내가 최소한의 노력조차 안 했는지 모르지만 그럴 만한 여자도 없었어. 그런데 난데없이 바로 내가 찾던 여자가 나타난 거야. 내가 평생 꿈꾸어 왔던 여자가 정말 내 앞에 서 있는 것이었어! 그녀는 결코 내 상상의 작품이 아니야. 아니고 말고! 그녀는 살과 피가 있고 다른 대륙에 사는 것도 아니고 내 근처에, 같은 도시에 살고 있어. 25분이면 갈 수 있고 마음만 먹으면 날마다 볼 수도 있어.

그런데 어찌된 영문인지 그 전까지는 한 번도 볼 수가 없었어. 우리는 얼마나 자주 같은 시간에 번화한 그라벤 거리를 지나갔으며 상점의 진열장 앞에서 머뭇거렸을까. 같은 시간에 '크리아우'에서 아침식사를 했던 적은 또 얼마나 많았을까. 하지만 나는 늘 5분 먼저 또는 늦게 거기에 있었던 거야.

예쁘다는 사실 하나 때문에 내가 그녀에게 반한 건 아니야. 천만에! 아, 내가 여태까지 어떤 여자에게서도 느껴보지 못했던 이 야릇한 마음. 그녀가 굴렁쇠를 굴리며 정원을 달리는 모습. 그야말로 장난꾸러기에 말괄량이였어! 하지만 테라스에서는 다시 성숙한 숙녀였지. 그 점잖고 의젓한 움직임, 남작이 내게 소개했을 때 우아하게 머리를 숙이며 인사하던 모습하며, 어디에 내놓아도 손색없는 숙녀의 모습이었어. 그리고 순간 다시 땅에 주저앉아 매혹적이고 호기심에 들뜬 모습으로 저금통을 깼지. 온갖 교육과 체험과 신체적 변화들을 겪으면서도 어쩌면 그렇게 어린애다운 귀여움을 간직할 수 있었을까.

나는 종종 친구들과 다투었어. 나는 친구들에게 내가 좋아하는 여자는 어린애이면서도 여자여야 한다고 말하곤 했지. 그럴 때마다 나는 친구들에게서 비웃음만 샀지. 친구들은 그 둘은 합치될 수 없는 것이라고 했어. 어린애다움과 여자다움은 연속적인 것이지, 동시적인 것이 아니라고 말이야.

그런데 난 드디어 어린애다움과 여자다움을 동시에 갖춘 사람을 발견했어. 수십만 가운데 하나 있을까 말까한 여자를 만난 것이지. 그야말로 기적이나 동화처럼 믿어지지 않아. 나는 그게 내 손에서 사라져 버릴까봐 두려운 마음이 들어. 하지만 난 꼭 잡고 놓지 않을 거야.'

박사는 넥타이를 다려서 힘주어 매고 조끼를 밑으로 세게 잡아당겼다. 몸단장이 끝났다.

그는 서재에 들어가면서 이렇게 생각했다.

'물론 신중해야지. 무엇보다 그 둘, 포그 남작과 딸이라고 하는 노인과 처녀가 누구인지 알아봐야겠어. 하지만 바보같이 당신 정체가 뭐냐고, 무엇 때문에 남작 행세를 하는 거냐고 묻지는 않을 거야. 그렇게는 하지 않아. 그의 의심을 사면 안 되거든.

내가 가짜 남작의 연기를 꿰뚫어 보고 있음을 눈치채지 못하게 해야 돼. 뭔가가 확실할 때, 그래서 그가 올가미에 걸려들 때까지는 말이야. 그를 다그치려면 증거가 필요해.

프리츠를 데리고 가 볼까? 그러면 아마 가짜 남작이 없다고 하겠지. 뿐만 아니라 나는 그 일을 떠벌리고 다닐 권리가 없어. 지금은 나와 그 노인, 두 사람의 문제이지……

저 위에서 내가 상대해야 할 사람들에 대해 확실한 것을 알려면 무엇을 어떻게 시작해야 할까. 그냥 터놓고 물어보는 것이 가장 낫지 않을까?'

키르히아이젠 박사는 이런 생각을 하면서 책상에 앉아 우편물을 집어 들었다. 새 의약품을 선전하는 화학회사의 광고물이 몇 개 있었고 호텔 안내서가 두 개, 배관설비 계산서, 요양소에서 환자의 이송을 부탁하는 편지. 그리고 임상학·독물학·약학 관련 학술지들……

'빙하? 이게 뭐지? 등반 전문지라니. 이게 어떻게 내 우편물 속에 들어 있지? 게다가 편지까지…….'

눈에 익은 필체, 그것은 프리츠가 보낸 것이었다.

'이런, 전화하는 걸 잊고 있었네! 뭐라고 썼지?'

키르히아이젠 박사는 편지를 읽었다.

나의 벗, 프란츠에게!

어제 저녁 카페에서 자네를 기다리다가 허탕을 쳤다네. 자네에게 두 번이나 전화했지만 연결되지도 않고. 동봉하는 「빙하」지에는 자네가 지금쯤 흥미를 가질 만한 내용들이 있을 걸세. 지금쯤 자네의 치료를 받고 있을 '멋진 남작'의 놀랄 만한 스포츠 활동 말일세. 남작에게 대체 무슨 일이 생긴 것인지, 그리고 지금 어떤 상태인지 바로 알려주면 고맙겠네.

그럼! 잘 있게.

프리츠로부터

키르히아이젠 박사는 편지를 옆에 내려 두고 우편물 가운데서 「빙하」지를 집어 들었다. 그리고 대충 목차를 훑어보았다.

'티롤 알프스 지역의 새로운 등반로, 원본 사진과 엽서를 바탕으로 한 열한 장의 단색 사진과 함께',

'시에라 네바다의 등반객 숙소',

'도로미텐의 길잡이'

키르히아이젠 박사는 급히 책장을 넘겼다.

'피조 스텔라의 대피소 관리에 관한 공지 사항',

'부르더코겔의 눈사태 희생자를 위한 추도사'

그리고 마침내 찾던 게 나왔다.

'펠릭스 폰 포그 남작, 최초로 치마 운디치 북벽을 오르다 (금년 9월 2일에 학술회관에서 강연).'

키르히아이젠 박사는 들고 있던 잡지를 떨어뜨렸다.

'내게 필요한 게 바로 이거야! 이것만 있으면 가짜 남작의 정체를 폭로할 수 있어. 등반을 한 건 진짜 남작이니까. 산 이름이 뭐더라. 치마 운디치…… 게다가 등반에 대해서 강연까지 했으니 틀림없이 매우 자세한 내용까지도 기억하고 있어야겠지. 별장에 가서 가짜 남작의 속내를 조금 떠보면 어떨까? 아마 당황해서 어쩔 줄 모르겠지. 그러면 난 이렇게 말하는 거야.

여보시오! 당신이 언제 치마 운디치를 올랐다는 거요. 자, 이제 순순히 당신의 정체를 밝히시오. 당신은 포그 남작이 아니니까.

그래, 그냥 이렇게만 말할 거야. 그렇게 하려면 지금 이 기사를 정독하면서 세부적인 사항 몇 가지는 외우고 그 다음에는 이야기를 그 쪽으로 몰고 가는 거야. 그럼, 어디 한 번 볼까.'

키르히아이젠 박사는 안락의자에 앉아 시계를 한 번 보고 는 잡지를 읽기 시작했다.

'나는, 누구의 발길도 받아주지 않던 치마 운디치 북쪽 벽 을 금년 5월 24일에 등정할 수 있었다. 치마 운디치는 남서 쪽에서만 오를 수 있었고, 북벽을 이용한 시도는 지금까지 단 두 번밖에 없었다. 스코틀랜드의 기사 매칼럭이 끈질기 게 도전했지만 1891년 8월 두 번째 절벽의 틈에서 추락해 사망했고, 그 이후 마틴 폰 쿠티스가 다시 치마 운디치의 북 벽을 타고 오르려 했지만 300m를 오르다 중단하고 말았다.

5월 24일 새벽 3시, 나는 안내자인 야콥 슈바르칭어와 함께 살로 마을을 출발했다. 야콥 슈바르칭어는 하일리겐블 루트 출신으로 내가 시도했던 크고 작은 등반에 거의 빠짐 없이 동반했었다. 우리는 수 시간을 걸어 마틴 폰 쿠티스가 보고서에 기록했던 큰 동굴에 도착했는데, 사람들은 이 동 굴을 '오스테리아'라고 불렀다. 본격적인 암벽 등반은 이 동 굴의 바로 위에 있는, 앞으로 기울어져 있으면서 반반한 선 반 모양을 하고 있는 바위에서 시작되었다.

첫눈에 보기에도 그 바위는 만만해 보이지 않았지만 우리 처럼 숙련된 등반가에게는 어려운 코스가 아니었다. 손으로 는 벌어진 틈을 잡고 발은 건너편 동굴벽의 비스듬한 경사

면에 단단히 고정시켜서 거의 수평으로 기운 몸을 받쳤다. 이 상태에서 다시 재빨리 왼발로 안전한 발판을 찾고 몸을 곧추세우면서 오른손으로 견고한 손잡이를 찾아야 했다.'

키르히아이젠 박사는 잡지를 떨어뜨리며 고개를 저었다.
'기가 막히는군! 이런 게 재미있단 말이지! 뭐, 왼발로 재빨리? 난 사양하겠어. 하지만 계속 읽어봐야겠지.'

'거기서부터 반 시간을 가볍게 기어오르다 느닷없이 높이 솟은 기둥을 만났고, 다시 몇 걸음 아래에서는 오목하게 패여 활처럼 굽은 지형을 만났다. 꽤 까다로운 곳이었지만 그렇다고 시간을 지체할 수는 없었다. 우리는 선반처럼 아주 좁은 길에 서서 늑골처럼 튀어나온 바위를 향해 더듬더듬 기어올랐으며 갑자기 눈을 파고드는 빛을 정면으로 받으며 뾰족한 등성이를 건넜다.
그리고 비로소 우리 앞에 아가리를 벌리고 서 있는 거대한 절벽이 보였다. 하늘을 보니 시간이 꽤 많이 흘렀다는 것을 알 수 있었다. 8시 30분쯤 된 것 같았다. 하늘은 구름으로 덮여 있었고 시원한 산들바람이 기분 좋게 불어왔다.
첫번째 절벽의 틈은 벽면이 미끄럽긴 했지만 특별히 힘들이지 않고 오를 수 있었다. 그리고 두 번째 절벽의 틈은 바위의 돌출부들이 있어 이를 이용해 고갯마루를 넘어 돌아갈 수 있었다.

하지만 세 번째 절벽의 입구는 거대한 돌덩이로 막혀 있었다. 아무리 찾아 봐도 절벽의 틈을 돌아서 갈 수 있는 방법이 보이지 않았다. 그래서 안간힘을 다해 그 돌덩이를 옆으로 밀쳐 냈는데 다행히 절벽 틈으로 좁은 통로가 생겼다. 우리는 몸으로 그 틈을 비집으며 그 곳을 통과했다. 이어서 겨우 발을 디딜 만한 곳을 몇 군데 찾아냈지만 몹시 미끄러웠다. 온힘을 다해 중심을 잡으며 7m쯤 되는 힘든 비탈길을 가뿐히 치고 올라가자 마틴 폰 쿠티스가 오른 적이 있던 바로 그 돌출부가 나타났다.

마틴 폰 쿠티스 씨가 친절하게 넘겨준 기록도 여기까지의 과정을 담고 있었다. 이 기회에 다시 한번 그에게 감사하는 바이다.'

'가뿐히 치고 올라가…….'
키르히아이젠 박사는 몸이 오싹해짐을 느꼈다.
'읽기만 해도 이렇게 머리가 아픈데 실제로 목숨을 걸었던 등반은 어땠겠어? 무서워서 머리털이 다 곤두서네!'

'우리는 바위의 무른 홈을 통해 중간 고갯마루에 도달하려고 돌무더기 위의 경계 벽을 향해 밀치고 올라갔는데 아주 힘들었다. 그리고 다시 돌 투성이인 벌판이 이어졌다. 가볍게 위로 올라가자 이번 등반에서 가장 어려운 코스가 우리를 기다리고 있었다.

눈부신 햇빛 때문에 앞을 볼 수가 없었다. 툭 튀어나온 벽의 가장자리에 겨우 몸을 붙여, 갈라진 바위틈까지 살짝 걸쳐 있어 흔들거리는 바윗돌 위를 넘어가는, 정말로 위험한 코스였다.

벽이 미끄러워 오른손과 오른발만 이용할 수 있었는데 왼손과 왼발은 딛고 잡을 데를 찾을 수가 없었다. 매칼럭이 사망한 곳도 바로 여기인 듯 싶었다. 몇 미터 아래 매칼럭의 아이스 피켈로 보이는 금속 물체가 녹이 슨 채 바윗돌 사이에 놓여 있었다.

이 위험한 코스를 지나서야 비로소 잠시 한숨을 돌릴 수 있었다. 10시 30분쯤이었다. '쏴' 하는 소리가 귀를 때렸다. 근처에서 빙하 계곡의 급류가 쏟아지는 소리였다.

몇 백 걸음 앞에 첫번째 설원이 보였다. 슈바르칭어는 아주 힘든 고비를 넘긴 것 같다고 했다. 나는 항상 그의 말을 믿어왔지만 이번만은 그의 예견을 반만 믿기로 했다. 내 나름대로의 이유가 있었기 때문인데 이는 곧 사실로 드러났다.

설원을 지나자 자갈층이 나타났는데 그 곳에서 비스듬히

걸쳐 있던 절벽의 틈이 끝났던 것이다. 위험스럽고 힘겨웠지만 등을 붙이고서야 겨우 돌아갈 수 있는 암벽을 타고 올라 좁은 얼음판 같은 등성이에 도착했다. 하마터면 사고가 날 뻔한 곳이었다.

야콥 슈바르칭어가 앞장을 서고 나는 열 걸음쯤 뒤에서 그를 따랐다. 오른쪽으로 내리 뻗은 암벽은 깊이가 1,200m는 되어 보였다. 바위덩이에 기대어 서서 손가락 사이로 밧줄을 내려보내며 슈바르칭어가 바위에서 펼치는 기막힌 작업을 긴장한 채 지켜보고 있는데 갑자기 '우지끈' 하는 소리가 들렸다. 바위가 부서질 때 나는 그런 소리였다. 슈바르칭어의 오른발 밑에서 돌이 무너지며 그 아래는 낭떠러지가 되고 말았다. 체중을 지탱할 발을 둘 곳이 없어진 것이다. 나는 밧줄을 움켜잡고 얼른 바위덩이 왼쪽으로 가 볼까 생각했는데, 어떤 상황에서도 당황하는 법이 없는 이 용감한 친구는 이미 등성이에 올라앉아 내 쪽을 보며 웃고 있는 것이 아닌가. 그리고는 다시 유유히 칼처럼 생긴 산등을 기어 올라갔다.'

박사는 마음을 다잡고 잡지를 내던져 버렸다.
'이거 안 되겠는데, 이젠 그만 읽어야겠어. 읽으면 읽을수록 직접 해 보고 싶어지니 말이야. 이런 미친 짓을! 이런 만용을 부리다니! 이런 사람들은 목이 부러져도 싸.

이제 별장에서 남작 행세를 하는 자가 가짜라는 것을 증명하는 건 식은 죽 먹기나 마찬가지야. 그냥 등반 이야기를 살짝 흘리기만 하면 돼. 그런 체험은 평생토록 잊지 못하는 법이지. 하지만 아슬아슬한 상황들과 관련된 몇 가지는 외워 둬야겠지? 우선 안내자의 이름부터. 그런데 이름이 뭐였더라? 아, 여기 있군. 야콥 슈바르칭어, 하일리겐블루트 출신. 그리고 얼른 다른 부분도 외워둬야겠어. 이를테면 세 번째 절벽의 틈을 오르는 이야기 다음 구절도……. 그렇다고 계단에서 어지럽지는 않겠지!'

박사는 모자와 외투, 지팡이를 집어 들고 계단을 내려가 혼자 계속 중얼거리며 길을 건넜다.

"7m쯤 되는 힘든 비탈길을 가뿐히 치고 올라가 돌출부에 도착했다. 하일리겐블루트 출신의 야콥 슈바르칭어! 하일리겐블루트 출신의 야콥 슈바르칭어!"

계단 오르기

    키르히아이젠 박사를 태운 차가 별장 앞에 이르렀을 때 가랑비가 내리고 있었다. 혹시라도 누군가 포장도로 위에 빗방울이 이리저리 형성한 작은 물웅덩이들을 살펴보다가 그를 발견할 수도 있었겠지만 본 사람은 아무도 없었다. 키르히아이젠 박사는 방수용 외투로 몸을 감싸면서 이 집에 뭔가 새롭고 놀라운 일이 벌어질 거라는 막연한 불안감을 갖고 정원 문을 열었다.

    그러나 그런 느낌은 홀에 들어서자마자 사라져 버렸다. 박사가 처음으로 마주친 사람이 여배우와의 대화에서 포그 남작의 딸이라 생각했던 그 아가씨였던 것이다. 그녀는 홀 한가운데에서 고무줄로 줄넘기를 하고 있었는데 줄넘기 한 단을 마저 끝내려는지 매우 진지한 얼굴이었다. 박사가 나타났지만 줄넘기를 그만둘 기색이 아니었다. 한쪽 방구석에서는 처음 보는 하녀가 비로 먼지를 쓸어 내고 있었다. 아마 남작이 하인을 새로 고용한 모양이었다.

"건강하고 유익한 운동을 하고 있군요, 아가씨!"

"백 사십 삼, 백 사십 사, 백 사십 오……."

박사가 말을 붙여보았지만 아가씨의 대답은 돌아오지 않았다.

이에 아랑곳하지 않고 키르히아이젠 박사는 대화를 이어갔다.

"그렇게 하면 몸이 탄력 있고 유연하게 되지요."

"백 사십 팔, 백 사십 구, 백 오십!"

마침내 그녀는 고무줄을 내던지고 박사를 보며 말했다.

"발에 안 걸리고 150까지 넘기는 정말 어려워요."

박사는 다행히 대화가 시작되자 계속 이어지게 하려고 대꾸했다.

"당신의 체조 실력이 대단하다는 것을 이미 오늘 아침에 알았답니다."

"그래요? 어디서요?"

그녀는 말을 하면서 살짝 하품을 했는데 이런 대화가 지루하다는 것을 조금도 감추려는 생각이 없는 것 같았다.

순간 키르히아이젠 박사는 당황스러웠다.

'젊은 아가씨와 사교적인 대화를 어떻게 하는지 알았으면 좋겠는데……'

그는 그러다가 이렇게 말하고 말았다.

"아주 능숙한 솜씨로 창문에서 기어 내리셨죠!"

그리고는 곧 그 말이 세련되지 않다는 걸 깨달았다. 숙녀가 사내아이처럼 장난을 쳤다고 해도 그것을 말하는 건 좋지 않았다.

박사는 '내 말 때문에 몹시 당황하겠군' 하고 생각했다.

"날 봤다구요?"

그녀가 물었다. 그리곤

"나도 봤는데……" 하고 말했다.

그녀는 매우 태연했으며 전혀 당황하는 모습이 아니었다.

'이게 바로 숙녀의 침착함이라는 것이로구나!'

박사는 그녀의 침착함에 몹시 감탄했다.

"엄마와 마차에 함께 타고 있었죠?"

"내가 누구와 함께 마차에 있었다구요?"

"엄마와 함께요! 멜리타 아주머니 말이에요!"

박사는 '오 저런! 또 연극을 하는구나' 하고 생각했다.

그녀는 정말로 남작의 딸처럼 행동하고 있었다. 순박하고 꾸밈이 없어 보이지만 거짓말을 할 줄 아는 것이다.

'거짓말을 배우다니. 정말 유감스럽군!'

"치글러 양이 당신 어머니인가요?"

박사는 이렇게 물으면서 그녀의 얼굴을 살폈다.

"그래요, 맞아요. 몇 주일만 있으면 아빠와 결혼해요. 그러니 오늘부터 어머니라고 불러도 괜찮아요."

'역시 날 속이려 하는구나. 그녀까지도 거짓말로 내게 올가미를 씌우려 하다니. 그녀도 공모자야. 모든 게 다 연극이라구. 그녀의 순진함, 그녀의 순박함까지! 나는 그런 것도 못 알아보고!'

키르히아이젠 박사는 비난에 찬 어조로 혼자 중얼거렸다.

"오늘 엄마는 날 못 본 체했어요. 날 보지도 않고 그냥 가버렸어요."

그녀는 심각하게 말했다.

'아, 이 어린 연극배우가 내가 의심한다는 걸 알고 있군. 그녀는 내게 그녀의 어머니라는 여자가 자기를 못 본 체한 일에 대해 어떻게든 변명하고 싶은 거야.'

"엄마가 왜 내게 화가 났는지 알아요. 빗 때문에 화가 나신 거예요."

"무엇 때문이라구요?"

박사가 물었다.

"빗 때문에요! 얼마 전에 아빠와 함께 엄마 집에 갔을 때 머리빗을 침대 속에 숨겨 놓았거든요."

박사는 자신의 귀를 의심했다.

'도대체 어떻게 어머니와 딸 사이에 실제로 있었던 이 하찮은 사건을 알 수 있었을까. 멜리타 치글러도 했었던 이야기인데. 그렇다면 혹시 내가 지금 잘못 알고 있는 게 아닐까? 그녀가 정말로 포그 남작의 딸은 아닐까?'

키르히아이젠 박사는 확실한 것을 알고 싶었다.

"치글러 양의 집에 간 게 언제였죠?"

"잠깐만 기다려 보세요! 그게 언제였지? 오늘이 금요일이지! 수요일, 화요일…… 아빠와 내가 간 건 화요일이에요!"

화요일, 바로 그 날이었다. 이 대답과 함께 키르히아이젠 박사의 예상이 무너져 내리고 말았다. 그렇다면 거짓말을 한 것은 오히려 여배우였다.

'제기랄, 장차 딸이 될 아이를 속이다니! 대체 무슨 속셈으로 그랬을까?'

"아가씨, 당신이 내게 말한 것이 다 사실이에요?"

"그래요. 왜 사실이 아니겠어요? 내가 정말 머리빗을 침대 속에 숨겨 놓았다구요. 가끔 그렇게 해요. 엄마는 곧 마음이 풀리실 거예요."

그녀는 고무줄을 챙겨들고 정원으로 나갔다. 비는 이미 그쳐 있었다.

박사가 그녀에게 외쳤다.

"잠깐만 기다려요, 아가씨. 나 때문에 기분이 상했나요?"

그러나 그녀는 이미 자갈길을 걷고 있었고 그의 말에는

관심조차 없었다. 박사는 그녀의 마음을 몹시 상하게 했다는 생각에 어떻게 해야 좋을지 몰랐다.

'내 말투에 뭔가 실례되거나 무례한 게 있었어. 그래서 인사도 않고 가 버린 거야. 내가 세련되게 처신할 수도 있었는데! 왜 그렇게밖에 하지 못했을까?'

"박사, 여기 계셨군요! 댁에 전화를 했더니 이곳으로 오시는 중이라고 하더군요."

"무슨 일이 있습니까, 남작님?"

홀에 들어선 남작은 상당히 흥분된 상태였다.

"알려드릴 게 있소! 울람 싱이 깨어났소! 박사, 이건 좋은 징조 같은데, 그렇지 않소?"

"글쎄요."

"그가 말을 했소, 박사. 내게 말을 했어요."

"바로 환자를 보도록 하지요."

과연 환자의 상태는 변해 있었다. 여전히 침대에 길게 누워 있었지만 얼굴 근육들은 격렬하게 움직이고 있었고 주름살은 끊임없는 경련으로 탱탱했다. 이마에는 작은 구슬땀이 맺혀 있었다. 그는 알아들을 수 없는 말과 외마디 소리를 토해 냈지만 목소리는 잠겨 있었다. 이따금씩 소리가 높이 올라가기도 했다. 기다란 검정 수염은 이불 위에 채찍처럼 놓여 있었다.

이 낯선 이방인이 살기 위해 격렬하게 싸우는 모습은 한마디로 처절했다.

그를 몹시 불안하게 했던 남작 딸의 행동에 대한 기억은 이제 키르히아이젠 박사의 머릿속에 남아 있지 않았다. 그는 이 순간 다시 의사일 뿐이었고 머릿속은 환자에 대한 걱정으로 가득 차 있었다.

"이 사람의 말을 알아들을 수 있습니까?"

"조금은요. 울람 싱은 자기 나라 언어로 말하고 있소."

"무슨 말을 하고 있는 거죠?"

남작은 잠시 환자의 헛소리에 귀를 기울였다.

"아하! 전에 했던 이야기를 또 하고 있군요. 자기는 잘못이 없다는 거죠. 그 날 밤에 경비를 선 사람은 자기가 아니라 나힙 람이라는 자였다고."

"무슨 얘기입니까?"

박사가 물었다.

"아직 당신에게 그 이야기를 하지 않았던가요? 울람 싱은 전에 인도의 아그라에 있는 개인 소유의 사원에 소속된 종이었소. 그러나 그 사원에서 심한 독성 행위를 저질러 카스트 계급을 잃게 되었소. 그 일로 인해 나와 함께 유럽으로 오게 되었던 거요. 아그라에서는 생명이 위험했으니까. 오랫동안 그 이야기를 하지 않았었는데 고열로 인한 환각 상태에서 다시 옛날 이야기가 나온 거요."

"집에 얼음이 있습니까?"

"물론이지요."

남작은 벨을 눌러 하인을 불렀다.

남작이 하인에게 심부름을 시키는 동안 박사는 수건을 가지고 환자의 이마에 맺힌 땀방울을 닦아냈다.

이 때 울람 싱이 침대에서 몸을 일으켜 세웠다. 그리곤 눈을 부릅뜨고 남작을 바라보다가 쉰 목소리로 외쳤다.

"대마초!"

이 말의 효력은 엄청났다. 이 말을 듣자 남작은 안락의자에서 벌떡 일어나 환자의 손을 잡더니 귀에 입을 가져갔다.

"그래, 울람 싱! 지금 곧 대마초를 가져다 줄게!"

"뭘 찾는 거죠?"

박사가 물었다.

"대마초요."

"이 사람은 열 때문에 헛소리를 하고 있는 겁니다. 신경 쓰지 마십시오."

남작은 더 흥분해서 소리쳤다.

"그렇지 않소. 박사, 울람 싱은 자신에게 필요한 게 뭔지 아주 잘 알고 있소. 그는 제정신으로 말하고 있는 것이오."

"나 원! 그렇다면 그게 뭘 뜻하는 거죠?"

그 때 갑자기 울람 싱이 몸을 움직여 박사가 이마의 땀을 닦아주던 수건을 빼앗아 갔다. 그리고는 곧바로 입에 쑤셔 넣더니 수건을 탐욕스럽게 삼키는 게 아닌가.

"이것 좀 봐요!"

키르히아이젠 박사가 소리쳤다.

"날 좀 도와 주시오, 어서. 수건을 삼키겠어요."

"그냥 놔 둬요! 내버려 둬요, 박사."

박사는 사력을 다해서 울람 싱이 격렬하게 저항하며 이로 물고 있는 수건을 다시 빼앗았다.

"나 참. 왜 그냥 놔 두지 않았소!"

남작이 볼멘소리로 말했다.

그러자 박사가 숨을 헐떡이며 말했다.

"아직도 환자가 제정신이라고 생각하시는 겁니까? 울람 싱은 자신이 무슨 행동을 하는지도 모르고 헛소리를 하는 겁니다."

"울람 싱은 자신이 뭘 하고 있는지 알고 있었소. 원하는 것을 하도록 내버려 두었으면 좋았을 걸!"

남작이 화난 목소리로 말하면서 이제 완전히 지쳐 아무 반응도 없는 환자를 굽어보았다.

그리고 울람 싱을 큰 소리로 불렀다.

"울람 싱! 내 말이 들리나? 내 말이 안 들려!"

"방금 전에도 남작님의 말을 못 알아들었습니다. 그리고 앞으로도 절대 못 들을 것입니다. 열 때문에 정신이 혼미한 상태니까요."

"천만의 말씀! 완전히 제정신이었소! 날 알아보자마자 대마초를 찾았소. 아주 또렷하게 '대마초' 하고 외쳤소."

"그래요? 그런데 그게 어떻다는 겁니까?"

그러자 남작이 갑자기 나지막한 목소리로 말했다.

"아무것도 아니오."

그리고는 고개를 떨구었다.

"당신 말이 맞습니다. 울람 싱은 고열 때문에 횡설수설한 거요."

"그건 그렇고. 열을 내리는 데는 얼음주머니와 새로 나온 항독 주사가 가장 효과적이죠. 그런데 이 환자는 힘이 놀랍군요. 힘싸움을 해야 될 정도였으니."

남작이 진지하게 말했다.

"울람 싱이 하고 싶은 대로 하게 내버려 두었으면 좋았을 것을."

"수건을 삼키도록 내버려 두었어야 했다구요? 숨이 막혀 죽을 텐데요."

"아니오! 수건을 다시 끄집어 냈을 거요. 울람 싱은 몸의 내부를 정화하려고 했던 거요. 아마 인도 성인들의 의식은 잘 모르실 거요. 아마포 조각으로 몸 속을 깨끗이 정화해 정신적으로 좀더 높은 완성 단계로 가는 것 말이오."

"남작님, 무슨 말인지 모르겠군요. 지금 엉터리 꿈 같은 인도의 신비주의에 대해 이야기를 하시는 겁니까?"

"이게 꿈이어서 깨어난다면 얼마나 좋을까?"

남작은 나지막이 중얼대면서, 두 손으로 환자의 이마에 얼음주머니를 올려놓는 박사를 쳐다보았다.

"자, 지금은 이것밖에는 달리 할 일이 없을 것 같습니다."

그러자 남작이 물었다.

"박사, 오늘은 울람 싱의 상태가 좋아진 거죠? 훨씬 좋아진 게 맞죠?"

박사가 짧게 대답했다.

"그런 것 같습니다."

키르히아이젠 박사는 섬망(譫妄) 상태가 죽음과의 싸움에서 나타나는 마지막 단계의 시작이라는 것을 알려 이 늙은 남작을 불안하게 하고 싶지 않았다. 울람 싱의 목숨은 이제 단지 시간의 문제일 뿐이었다.

남작은 다시 기분이 좋아졌다.

"나와 함께 식사나 하시죠. 우리 둘이서만……."

"그럼 따님은?"

"내 딸은 이미 새로 사귄 친구와 점심을 먹었소. 아울러 양해를 구해야겠소. 여자 요리사가 새로 왔는데 음식 솜씨에 대해선 장담을 못 하겠소. 집에 온 지 세 시간밖에 안 됐거든요. 아니, 아래에서 말고 위에서 합시다. 이런 날씨에 테라스에 앉을 수는 없으니까요."

남작은 박사를 앞서 가게 하려고 정중히 옆으로 물러섰다. 그 순간 박사는 이 가짜 남작에게 함정을 놓아야겠다는 생각이 떠올랐다.

"제가 제대로 알고 있는지 모르겠는데, 남작님이 최초로 치마 운디치에 오르셨다지요?"

그 순간 남작이 그 자리에 멈춰 서더니, 놀란 얼굴로 박사를 바라보았다.

"그걸 알고 계시다니. 등산에 관심이 있으시군요. 혹시 박사도 등산을 즐기십니까?"

"가끔은요. 하지만 모르는 거나 다름없습니다."

남작은 좋아하며 박사의 손을 잡고 흔들었다.

"같은 등산가란 말이죠. 정말 기분이 좋군요! 그런데 이제야 그런 말을 하시다니."

박사는 차갑게 그의 말을 끊으며 물었다.

"치마 운디치를 등반하신 게 언제였습니까?"

"아주 정확히 기억하고 있지요. 금년 봄, 5월 24일이었습니다."

박사가 웃었다.

'금년 봄이라니! 이 노인은 그런 주장이 이치에 맞지 않다
는 것을 모르는군! 하지만 이상하지. 날짜는 맞거든. 사실
「빙하」지에도 5월 24일 새벽 3시라고 적혀 있었어.'

"어디에서 등반을 시작하셨죠? 제 말은, 어디를 거점으로
삼으셨냐구요."

남작은 조금의 주저함도 없이 대답했다.

"살로 마을, 거기예요. 이탈리아의 산간 마을인데 혹시 아
십니까?"

박사는 내심 놀라고 있었다.

'이것도 맞는데. 그래, 두고 보자.'

"제가 알기로는 훌륭한 안내자가 함께 등반했다고 하던데
요. 저, 저…… 이름이 뭐더라?"

"야콥 슈바르칭어! 늘 나와 함께 다니죠. 아는 사람입니
까? 슈바르칭어와 같이 등반한 적이 있나 보군요? 글로크너
산악지대에서, 그렇죠? 그가 잘 아는 곳이죠. 하일리겐블루
트가 고향이거든요."

'이것 참, 놀라운 일이군! 모든 게 맞아. 어떻게 해 볼 도
리가 없어. 내가 잘못 알고 의심하는 건 아닐까? 이 노인이
진짜 남작은 아닐까? 만일 그렇다면 이 문제는 더더욱 이해
가 안 돼.'

키르히아이젠 박사는 점점 자신이 없어졌다.

하지만 계속 추궁해 보기로 했다.

"그래요. 슈바르칭어는 아주 믿을 만한 안내자이지요. 치마 운디치에서 산마루를 건너면서 발 밑에서 돌이 무너졌을 때 그가 어떻게 했는가만 봐도 그건 확실하죠."

박사와 남작은 이야기를 주고받으며 천천히 2층으로 이어지는 계단을 올라갔다.

"정말 잘 알고 계시는군요!"

남작은 감탄했다.

"6월에 투어링 클럽에서 강연할 때 당신도 온 게 틀림없군요."

"맞습니다!"

박사는 거짓으로 말했다. 그러나 목소리에는 전혀 자신감이 없었다.

'이 사람이 남작인 게 틀림없어. 제기랄, 내가 잘못 짚은 거야. 그나저나 약혼녀에게 했던 행동은 어떻게 설명하지! 마지막으로 한 번만 더 해 보자!'

"사고를 당한 선배의 흔적도 발견했습니까?"

"물론이오. 강연에서도 그 이야기를 했었는데. 첫번째 설원에 이르기 백 보쯤 전에 있는 갈라진 바위 틈 밑에 지금도 매칼럭의 아이스 피켈이 있소."

'이제 더 이상 의심할 게 없어. 이 노인이 '멋진 남작'이라는 건 정말 사실이야. 내가 미련스럽게 의심한 걸 눈치채지 못해 다행이군. 하마터면 정말 곤란할 뻔했어.'

남작은 동시에 두 계단을 오르며 물었다.

"아마 매칼럭은 모르시겠죠? 나와는 잘 아는 사이였소. 폐쇄적인 성격으로 좀처럼 말을 하지 않는 사람이었죠. 하지만 항상 입가에는 비웃는 표정이 감돌고 있었소.

몇 년 전에 그와 함께 두 번 등반했소. 내 첫번째 등반 길에 그와 함께 바요렛 탑과 비숍스뮈체에 올랐소. 당시 난 신출내기였죠. 내 딴에는 잘 했다고 생각했는데 내게 한 마디도 칭찬하지 않았고 그저 입언저리에 비웃는 듯한 웃음만 보일 뿐이었소."

계단을 올라가는 남작의 걸음이 바빠졌다.

"그 때부터 매칼럭 선배가 도전했다가 실패한 치마 운디치의 북벽을 올라야겠다는 유혹과 충동이 끊임없이 따라 다녔소. 그래서 결국은 해냈고! 매칼럭 자신은 결코 인정하지 않았지만 난 그것으로 그의 뻔뻔스러운 웃음이 가식이었다는 것을 증명한 거요."

남작은 숨을 깊이 들이쉬고는 다시 두어 계단을 오르며 말을 계속했다.

"치마 운디치의 정상 밑에는 매칼럭이 사고를 당한 바위

틈보다 더 험난한 곳이 있소. 미끄럽고 가파른 데다 잡을 데가 거의 없는 벽이죠. 우리는 그 곳을 이렇게 올랐소. 슈바르칭어가 내 어깨 위로 올라서고 나는 천천히 몸을 똑바로 일으켜 세웠소. 그 다음에는 그 무거운 짐을 등에 진 채 슈바르칭어가 벽에 잡을 만한 곳을 찾을 때까지 암벽을 세 발자국이나 가로질러야 했던 거요."

남작은 박사 쪽으로 돌아서서 계단의 난간을 이용해 상황을 설명하면서 손을 쥐어 보였다.

"하지만 슈바르칭어는 잡을 만한 곳을 찾을 수가 없었소"

그는 빠르게 걸으면서 말을 계속했다.

"그리고 내겐 발판이 없었고. 난 그 때 만일 내가 무거운 그를 버리지 않으면 우리 두 사람 다 깊은 골짜기 속에 박살이 나서 누워 있게 될 거라고 생각했소. 드디어 발이 밑으로 미끄러지기 시작했고 위에서는 슈바르칭어가 '참아! 제발 참고 버텨!' 하고 소리를 질렀소. 나는 그 때까지 슈바르칭어가 그렇게 소리지르는 걸 들어 본 적이 없었소."

남작은 흥분에 몸을 떨며 숨을 깊이 들이쉬었다.

"나는 슈바르칭어가 손잡이를 찾을 때까지 버텼소. 어떻게 그렇게 할 수 있었는지 지금도 알 수가 없소. 손과 발만으로 버틴 게 아니었소. 무릎, 어깨, 가슴, 이 모든 것으로 움켜잡으며 죽을 힘을 다해 암벽에 달라붙었으니까.

그리고 마침내 정상에 도착하자 슈바르칭어가 이렇게 말했소. '누가 내게 2,000굴덴을 탁자에 던지며 다시 여기를 오르자고 해도 결코 안 오겠어요. 하지만 남작, 당신과는 스무 번이라도 다시 오겠어요'라고. 박사, 그 순간에 결정적이었던 것은 솜씨나 용기, 지구력 같은 것이 아니었소. 오직 힘, 강하고 사나운 육체의 힘이었소!"

키르히아이젠 박사는 눈을 감았다. 그리고 속으로 그 끔찍한 상황을 그려보았다. 머릿속에 거대한 암벽과 현기증을 일으키는 구렁이 떠올랐고 빙하 계류가 쏟아지며 내는 '쏴' 하는 소리와 함께 만년설로부터 불어오는 차디찬 바람결이 느껴졌다. 그리고 그 무서운 세계 한가운데서 겁도 없이 남작이 어깨 위에 무거운 것을 지고 한 걸음 한 걸음씩 그 미끄러운 벽을 가로지르는 모습이 보였다. 그의 발 밑에는 낭떠러지가 아가리를 벌리고 있었다.

키르히아이젠 박사의 의심은 이미 사라진 지 오래였다. 이제 그의 마음에는 그토록 위험한 상황을 초인적인 힘으로 극복한 사나이에 대한 한없는 존경심만이 남아 있었다.

그런데 갑자기 박사는 가벼운 충격을 느꼈다. 치마 운디치의 북벽을 정복한 '멋진 남작'이 계단 한가운데서 그의 팔에 쓰러졌던 것이다. 남작은 몸을 가누지 못하고 떨며 간신히 숨을 쉬면서 바닥에 누워 힘없이 처량한 웃음을 지어보였다.

　"박사…… 더 이상 못 가겠소……. 날 위로 데리고 가주시오……. 계단이 너무 많아…… 내가 무리를 했어. 계단이…… 너무 가파른데도……."

알라하바드의 메추라기들

키르히아이젠 박사는 계단에서 기절한 남작을 작업실로 옮기고 혼자서 점심을 들고 있었다. 남작은 지금 그 곳 소파에 누워 잠들어 있었다.

키르히아이젠 박사는 과일접시를 밀어 치우고 담배에 불을 붙였다. 그리고 식사를 하는 동안 그를 시중든 필립에게 물었다.

"그러니까 계속 똑같은 말이군요? 남작이 전에 이런저런 증세를 호소한 적이 정말 없었단 말이오? 후두통이나 현기증 또는 수전증 같은 것 말이오?"

하인이 대답했다.

"남작님은 그런 말을 하셨던 적이 한 번도 없었습니다!"

"내가 당신 주인에게서 확인한 증세는 어제, 오늘 사이에 생긴 게 아니오. 매우 심각해요. 동맥경화라는 게 뭔지는 아시겠죠?"

"하느님 맙소사!"

필립이 소리쳤다.

"아까 계단에서 쓰러진 것은 피로 때문이 아니었소. 정확히 말하자면 가벼운 뇌졸중이었소. 이제 문제를 감추려 하지 말고 사실대로 이야기해야 합니다."

"아이고 하느님!"

필립은 놀란 나머지 말을 잇지 못했다.

"자, 한 번 더 잘 생각해 보시오! 주인님이 몸이 편치 않다고 얘기하신 걸 들은 적이 있는지."

필립은 머리를 설레설레 흔들었다.

"주인님은 항상 건강하셨습니다. 한 사나흘쯤 전에 목에 종기가 생겨 주치의가 떼어 낸 적이 있었죠. 박사님도 그 붕대를 보셨을 텐데요. 그게 다예요. 그 밖에는 남작님에게 아무 일도 없었습니다."

"이것 보세요! 이 병은 단계적으로 진행된단 말이오, 조금씩 조금씩 말이오. 요란하게 시작되지 않아요. 우선 미미한 증세들이 나타나죠. 두통, 수전증 그리고 그 밖에도 소소한 고통들이. 그런 다음에 비로소 심각한 증세들이 나타나죠. 그러니까 거기에 일정한 순서가 있는 셈이죠. 당신이 아침에 일어나면 먼저 조끼를 입고 나중에 바지를 입는 것처럼, 무슨 말인지 아시겠어요?"

"박사님이 무슨 말씀을 하시는지 압니다. 하지만 그 병은 밤새 생긴 겁니다!"

"그런 일은 있을 수 없소. 내가 남작의 주치의와 연락해 보겠소."

"네, 그게 가장 좋겠습니다. 어쩌면 두 분께서 정원사를 도와 줄 방법을 찾으실지도 모르겠네요."

"난 지금 당신 주인 이야기를 하고 있소! 울람 싱 이야기는 꺼내지도 않았소! 그 사람은 어떻게 할 수가 없소. 내일을 못 넘길 거요."

그러자 하인이 사정했다.

"그래도 어떻게 해 주십시오, 박사님! 제발! 무슨 방도가 생길 지도 모르지 않습니까?"

"지금 내게 가장 중요한 건 당신 주인이오. 당신이나 남작이나 아직도 문제의 심각성을 깨닫지 못하고 있는 모양이군요. 그렇지 않다면 당신이 당신 주인의 병과 아무런 상관도 없는 정원사에게 계속 신경 쓰고 있지는 않을 텐데.

당신 주인은 동맥경화증을 앓으면서도 독한 담배를 피우고 절대로 입에 대서는 안 되는 포도주를 마시고 머릿속에는 오직 등산이나 여행 생각밖에 없소. 남작님은 근본적으로 달라져야 됩니다. 남작님의 딸과 얘기를 하는 게 가장 좋을 것 같소. 이 집에서는 그녀가 유일한 어른 같은데."

이 말을 듣고 늙은 필립은 심각한 걱정에 빠진 것 같았다. 그는 흥분한 목소리로 말했다.

"박사님, 그래서는 안 됩니다! 절대 그래서는 안 돼요!"

"어째서 안 된다는 거요? 물론 꼭 주의해야 할 것들은 지킬 거요. 되도록 신중하게 하겠소."

"아가씨를 불안하게 해서는 안 됩니다. 아가씨와는 얘기해도 아무 소용이 없단 말입니다."

"상관없소. 아직 시간이 있을 때 그녀를 통해 아버지의 생활 방식을 고치도록 하는 게 의사로서의 내 의무니까요."

"박사님, 제 말을 믿으십시오. 우리 아가씨와 얘기해 봤자 아무 소용이 없습니다. 아가씨는 박사님이 생각하시는 것과 같은 그런 영향력이 없으니까요."

늙은 필립은 손수건을 꺼내더니 이마의 땀을 닦아냈다.

키르히아이젠 박사는 잠시 생각에 잠겼다가 다시 물었다.

"이 집의 주치의가 누구죠?"

"쇤브룬 거리 62번지에 사는 보이멜 박사입니다."

"보이멜 박사에게 전화를 거시오!"

키르히아이젠 박사가 전화로 받은 정보는 별로 만족스럽지 못했다. 남작의 주치의는 집에 없었고 그 부인이 진료 기록을 보고 작년에 모두 세 번 별장에 왕진했다는 사실을 확인해 주었다.

두 번은 지난 가을에 남작의 딸이 가벼운 감기에 걸려서였다. 그리고 닷새 전에 다시 한번 왕진한 적이 있는데, 그때는 남작의 작은 종기를 떼어 냈다. 그것 말고는 남작이 주치의로부터 진료를 받은 적이 없었다. 진료 카드만으로는 남작에게 기질성 질환 증세가 있었는지 알 도리가 없었다.

키르히아이젠 박사는 고개를 저으며 방 안을 서성거렸다. 포그 남작의 인격이 눈앞에 보이는 듯했다.

'하인들과 딸, 약혼녀, 주치의 그리고 심지어는 자기 자신에게조차 나이 든 흔적을 감추려고 애쓰는, 놀라우면서도 우스꽝스러운 열정의 사나이. 수 년 동안 세상에서 영원히 변치 않는 젊은이, '멋진 남작'으로 행세하며 지칠 대로 지쳤지만 모든 지혜 가운데 가장 궁극적인, 시간이 지나면 물러나 참된 청춘에 자리를 비켜주는 지혜는 배우지 못한 사나이. 하지만 조금 전의 실신으로 이 지혜에 눈을 뜰 지도 모르지. 자연은 자기 하인이나 약혼녀처럼 속일 수 없다는 것, 그리고 조용한 첫번째 경고에 귀를 닫으면 주먹으로 문을 두들긴다는 것을 지금쯤은 깨닫게 되겠지.'

박사가 이런 생각에 잠겨 있는데 갑자기 하인이 나타나 남작의 방으로 와 달라고 했다. 남작은 깨어 있었지만 박사를 기다리느라 초조한 기색이었다. 그는 고개를 숙이고 방 안을 서성이고 있었다. 손에는 담뱃불이 타고 있었고, 바지와 조끼를 벗은 모습이었다. 방에 불을 너무 땐 데다가 창문까지 닫혀 있었고 난로에는 아직도 불이 타고 있었다.

"이렇게 편한 차림으로 있는 걸 용서하시오."

남작이 이야기를 시작했다.

"내가 박사님을 오시라고 했습니다. 실은…… 아니 박사, 내 담배를 왜 가져가시오?"

키르히아이젠 박사는 남작의 손에서 담배를 빼앗아 살펴보았다.

'역시! 과연 독한 담배를 피우는군!'

"주치의가 담배를 끊으라고 하지 않던가요?"

"전혀! 내가 담배를 끊어야 된다고 보시오?"

"제 말씀을 들으실지 모르겠습니다만 무슨 일이 있어도 담배는 끊으셔야 됩니다."

남작이 바지와 조끼를 벗은 채로 앞에 서 있었기 때문에 목에 붙은 붕대가 보였다. 키르히아이젠 박사는 주치의의 부인과 하인에게서 며칠 전에 남작이 종기를 떼어 냈었다고 했던 말이 떠올랐다.

남작이 불쑥 물었다.

"동맥경화, 맞지요?"

비록 덤덤한 표정이긴 했지만 목소리에는 불안한 기색이 역력했다.

"나는 주치의가 남작님의 상태에 대해 알려주지 않았다는 게 믿어지지 않습니다."

"나도 같은 생각을 했소. 뒤통수에 처음 심한 통증이 나타나자마자 말이오."

남작의 말은 혼잣말처럼 나지막했다.

"통증을 느끼신 지 제법 오래 되었나 보군요?"

"몇 시간 전부터죠. 그 때문에 당신을 올라오시라고 한 겁니다. 박사, 뭔가 해야 되겠소, 그것도 빨리. 너무 늦기 전에 말이오."

"물론입니다. 우선 담배를 끊으시든지 아니면 줄이기라도 하십시오. 과로는 절대 피하고 식이요법을 처방받아 식사를 하십시오."

"모두 그렇게 하겠소."

남작은 순순히 약속했다. 그리고 잠시 생각을 하다가 말을 이었다.

"하지만……, 하지만 지금은 울람 싱에게 약을 주셔야겠습니다."

키르히아이젠 박사는 화가 치밀었다.

'이렇게 엉뚱하다니까! 한 가지 이야기에 집중해서 끝까지 논리적으로 생각할 줄을 모른단 말이야. 지금 같은 상황에서 울람 싱을 생각하다니!'

"무슨 약을 이야기하시는 겁니까, 남작님?"

키르히아이젠 박사가 볼멘소리로 물었다.

"울람 싱을 30분 동안 살아 있게 할 수 있는 약 말이오."

"혹시 뭔가를 염두에 두고 말씀하시는 겁니까?"

"그렇소. 내가 말하는 게 뭔지 아시는군요. 당신의 약 말이오, 박사!"

"카라진 혈청 말입니까?"

"그래요! 카라진 혈청! 바로 그거요! 24시간 동안이나 끙끙댔지만 이름이 떠오르지 않았소."

"그 혈청이 있다는 건 대체 어디서 아셨습니까?"

"당신이 카라진 교수와 공동으로 그 약을 만들었다고 들었소."

"사실은 그렇지 않습니다. 유명한 화학자인 카라진 교수는 이 혈청과 상관이 없어요. 그는 이미 12년 전에 죽었습니다. 나는 그의 제자인 틸그녀 박사와 함께 일하면서 이 혈청을 연구했고, 돌아가신 스승을 기리고자 하는 뜻에서 카라진 혈청이라고 이름붙인 겁니다. 그런데 카라진 혈청의 구체적인 효과에 대해서는 어떻게 아셨습니까? 연구 결과를 아직 발표하지도 않았는데요."

"지난 가을에 있었던 공판을 관심 있게 지켜봤소. 그게 무슨 범죄 사건이었더라?"

"아! 연금생활을 하는 할라쉬와 그 여동생의 살인자에 대한 재판 기사를 읽으셨군요?"

"예, 맞아요! 할라쉬 사건이었소!"

"그렇다면 제가 카라진 혈청을 사용해선 안 된다는 것도 아시겠군요."

박사가 진지한 목소리로 말했다.

"어째서 안 되는 거요? 그 때도 카라진 혈청을 사용하지 않았소! 그래서, 박사, 당신의 이름을 알게 된 거요!"

순간 키르히아이젠 박사는 왜 남작이 개업의를 놔 두고 하필 자신을 선택했는지 확실히 알게 되었다. 남작은 할라쉬 사건에 관한 신문 기사에서 카라진 혈청과 혈청을 발명한 사람의 이름을 찾아낸 것이었다. 남작은 처음부터 이 혈청에 눈독을 들이고 있었고, 그 효능에 대해서 환상적인 생각을 갖고 있는 모양이었다. 하지만 그런 생각들은 그만두게 해야 했다.

"유감스럽지만 카라진 혈청을 쓸 생각은 아예 마십시오. 아마 모르시는 것 같은데, 겉보기에는 환자의 상태가 호전되는 것 같지만 그게 실은 불길한 일이 생길 징조이지요. 한 시간 뒤 혹은 그 전에 아주 격렬한 반응이 시작되고 결국 거의 대부분 심장마비로 인한 사망으로 끝이 납니다. 연구가 완전히 이루어진 게 아니죠. 혈청은 생명을 단축시킬 뿐입니다. 또 저에게는 카라진 혈청을 사용할 권리가 없어요."

그러자 남작이 몹시 당황하며 소리쳤다.

"할라쉬 사건 때는?"

"그 때는 사정이 달랐습니다. 연금생활을 하던 안톤 할라쉬는 살해되었고 살림을 맡아 하던 여동생 페트로넬라는 치명상을 입었죠. 그 집에 세 들어 살았던 상점 점원 에밀 노이바우어가 혐의를 받았는데 나중에 완전히 무죄라는 게 밝혀졌죠.

에밀 노이바우어의 혐의를 벗겨줄 수 있는 유일한 증인이었던 페트로넬라는 빈사 상태에 있어서 아무것도 물어볼 수가 없었어요. 그 때 저는 페트로넬라 측 변호인의 제안에 의해 단 몇 분만이라도 페트로넬라의 의식을 살리기 위해 카라진 혈청을 주사했습니다. 과연 그녀는 잠시 동안 의식을 되찾아 진범이 누구인지 말했지요. 그 때는 사람의 목숨이 달린 문제라서 주저하지 않고 카라진 혈청을 사용했죠. 하지만 이번에는……."

"박사, 이번에도 사람의 목숨이 달려 있소!"

"사람의 목숨이?"

"그렇소! 내 목숨이 달려 있소."

"무슨 말이십니까, 남작님!"

"박사! 그렇게도 내 말을 못 알아들으시오! 내가 중병에 걸린 사람이라는 것은 알고 계시죠. 지금 나를 도울 수 있는 사람은 울람 싱뿐이오. 그러니 울람 싱이 30분 동안만 생각하고 움직일 수 있게 해 주시오. 그 뒤의 일은 모르겠소. 만일 울람 싱이 죽으면……. 박사가 박사의 입으로 말하지 않았소, 울람 싱은 살 수가 없다고."

"인도인 정원사에게 의학적인 도움을 기대하시나 보군요? 거 참 재미있네요! 그러면 제가 울람 싱을 같은 동료로 대우해 줘야겠군요?"

키르히아이젠 박사는 빈정댔다.

"아니오. 울람 싱은 의사가 아니오. 하지만 나를 도울 수 있는 유일한 사람이오."

"그럼 이상한 돌팔이 의사군요? 남작님, 옛날부터 약초를 다루던 이곳 사람들이 의사들과의 불공정 경쟁 때문에 몹시 힘들게 사는데 이제 새 경쟁자가 생긴 걸 알면 꽤 기분이 상하겠습니다."

"날 조롱하는군요, 박사. 당신은 합리적이고 물질적인 유럽의 학문에 종사하는 사람이오. 그러니 내가 어떻게 저 너머에는 당신의 학문보다 더 오래 되고, 어쩌면 더 깊이가 있으며 그 문하생들에게 힘과 능력을 주는 학문이 존재한다는 걸 이해시킬 수 있겠소."

남작의 목소리에는 박사의 빈정거림을 누그러뜨리고 토론

에 진지함을 부여하는 무엇인가가 있었다.

"무슨 말씀을! 나도 그 분야에 대해서는 온갖 이야기를 들었고 또 조금 읽은 것도 있습니다. 그런데 그런 비법들 가운데 어떤 것도 학문적으로 충분히 설명되지 않았다는 점은 어떻게 생각하십니까?

예를 들자면 생매장을 하는 마술을 볼까요. 그게 사기나 속임수가 아니라면 거의가 신체 훈련으로 볼 수 있는 겁니다. 다른 실험들은 각성암시를 이용하는 것 같구요. 얼마 전에 센세이션을 일으켜 유명해진 콩덩굴 실험도 이런 범주에 속하죠."

남작은 키르히아이젠 박사의 말이 끝날 무렵 몸을 일으키더니 책상에 팔을 받치고 서서 물끄러미 박사를 바라보았다.

"콩덩굴로 무슨 실험을 했는데요?"

"콩덩굴 실험요? 제가 알기로는 2년 전 취리히 심리학회에 몇몇 학자들이 모인 자리에서 처음 행해졌죠. 인도에서 온 마술사가 땅에 콩을 심었는데 그 콩이 30분도 되지 않아 키가 약 2m가 될 정도로 커 오르며 꽃을 피우기 시작했습니다. 그리곤 다시 그 과정을 반대로 진행해서 땅에 심었던 원래의 콩의 모습으로 되돌려 놓았죠. 나중에 그 인도인은 장미덩굴을 가지고 똑같은 실험을 했습니다. 그 모임에 참석하진 않았지만 전체 이야기는 신문에서 보아 알고 있습니다. 그 실험을 직접 보고 확인하지 않았기 때문에 교묘하게 꾸민 속임수라고 볼 수밖에 없습니다."

그러자 남작이 몸을 일으켰다.

"내 두 눈으로 직접 그 신기한 실험을 보고 확인했는데 결코 속임수가 아니었소, 박사!"

남작은 흥분으로 온 몸을 떨고 있었다.

"인도에서 말입니까?"

박사가 물으며 주머니에서 작은 온도계를 꺼내 남작의 겨드랑이에 밀어 넣었다.

"아니, 이 집에서요!"

"아마 울람 싱이 했겠죠? 그렇죠?"

"그렇소, 박사! 이제 그의 목숨이 얼마나 중요하다는 것을 아시겠소?"

"그 실험에 다른 사람, 그러니까 비판적 관점을 지닌 사람들도 있었습니까?"

"그 자리엔 나 혼자뿐이었소."

"만일 그렇다면 당신이 속임수에 넘어갔거나……."

키르히아이젠 박사는 웃으며 말을 이었다.

"훈련되지 않은 비과학적 관찰법의 희생자가 된 것은 아닐까요?"

"울람 싱에게 카라진 혈청을 주시오! 30분 동안만 의식을 찾을 수 있게 해준다면 그 실험을 직접 관찰하고 확인할 수 있을 거요. 정말이오!"

키르히아이젠 박사는 웃으며 말했다.

"제게는 환자의 목숨을 단지 학문적인 흥미 때문에 함부로 단축시킬 수 있는 권한이 없습니다."

"박사! 당신은 아직도 내 말을 진지하게 생각하지 않는군요. 제발 내 말을 믿어주시오!"

"아, 오해를 하고 계시는군요. 존경하는 남작님, 저는 남작님의 말을 다 믿습니다"

키르히아이젠 박사는 남작을 진정시키며 겨드랑이에서 온도계를 빼냈다.

"이럴 줄 알았어요. 제가 생각했던 대로군요. 39.6도! 열이 있습니다."

그리곤 다시 주머니에 온도계를 집어넣었다.

"아마 상처 때문일 겁니다. 며칠 전에 작은 수술을 받으셨지요?"

박사는 남작의 목에 붙어 있는 붕대를 가리켰다.

"괜찮으시다면 지금 붕대를 새것으로 갈아 드리겠습니다. 이런 사소한 일에는 합리적이고 물질적인 유럽의 학문이 적격이겠지요?"

키르히아이젠 박사는 붕대를 붙인 테이프를 떼어 냈다.

"이 정도는 수술이라고 할 수도 없어요. 하지만 남작님처럼 나이가 들면 작은 일에도 조심해야 합니다. 참, 연세가 얼마나 되시는지 여쭤봐도 될까요, 남작님?"

남작은 이런 질문이 썩 달갑지 않은 모양이었다.

"그건 왜 알려고 하시오? 나는 줄곧 내 나이에 맞게 살아왔소. 사람마다 자기 속도가 있소. 서둘러 가는 사람이 있는가 하면 느긋하게 사는 사람도 있고."

"제가 알고 싶은 건 달력상의 나이입니다."

남작은 대답하지 않았다. 키르히아이젠 박사는 그의 목에서 조심스럽게 테이프를 떼어 냈다.

그런데 남작이 불쑥 말을 시작했다.

"인도의 알라하바드라는 도시에서 나는 매일 아침식사로 메추라기를 먹었소. 그놈들은 4주밖에 살지 않았지만 해가 뜨고 지는 건 수백 번을 보았소. 때문에 살집은 부드럽지만 나이에 비해 숙성하고 살이 통통하지요."

"어떻게 그런 일이?"

"메추라기들은 일정한 시간에, 즉 해가 뜰 때, 규칙적으로 먹이를 먹는 습성이 있는데 인도 사람들은 그걸 이용하는 거죠. 그들은 메추라기들을 살찌우기 위해 어두운 지하실에 가둬요. 문이 열려 지하실에 햇빛이 들어오면 이 어리석은 메추라기들은 '아침이구나' 하고 노래를 부르며 먹이를 먹죠.

처음에는 이런 착각을 하루에 두 번 일어나게 하지만 점점 횟수를 늘려 마지막엔 한 시간에 한 번 꼴로 일어나게 합니다. 그래서 메추라기는 빨리 나이를 먹고 살이 찌는 겁니다. 그리고 식칼이 목에 닿을 때면 '이제 살만큼 살았구나' 하면서 만족해하지요. 속임수에 빠진 메추라기들이 언제 알에서 깨어 나왔는지 계산해 봤자 무슨 의미가 있겠습니까? 그놈들은 해가 떴다가 질 때까지의 시간이 하루인지 몇 분인지도 모르는데."

박사는 건성으로 듣고 있다가 말했다.

"아주 흥미롭군요. 처음에는 '또 인도의 마술에 대한 이야기를 하시려는구나' 하고 생각했죠. 그런데 알라하바드의 메추라기 얘기는 매우 철학적이고 재미있는 이야기였습니다."

"정말 재미있습니까?"

하지만 키르히아이젠 박사는 정신이 다른 데 가 있었다. 박사가 손에 붕대를 들고 외쳤다.

"이런! 피를 많이 흘리셨습니다. 붕대가 축축해요. 빨리 솜을 갈아야겠어요. 물이 좀 있으면 좋은데……. 됐습니다. 없어도 되겠어요. 우선 물을 조금 묻히면……. 자, 이런 제길, 어떻게 된 거지?"

박사는 피에 젖은 솜을 손에서 놓고 남작의 머리를 좌우로 돌리며 상처를 살펴보았다.

"무슨 일이오, 박사?"

"도무지 알 수 없는 일이군요! 상처 자국이 전혀 안 보입니다."

"말도 안 되는 소리!"

"상처 자국이 없어요! 전혀. 여기에 수술한 적이 없습니다. 왜 목을 피에 젖은 붕대로 감고 계셨는지 이해할 수 없군요."

"뭔가 착각하고 있소, 박사. 내 주치의가 닷새 전 아침 10시 30분에 칼로 내 목에서 종기를 떼어 냈소. 그 전날 밤에는 찜질용 점토질 액체로 날 고생시켰고. 주치의가 종기를 염소 스프레이로 마취시키더니 곧바로 떼어 냈단 말이오."

"그럴 리가! 그랬다면 천공 자국이 둥글게 남아 있어야 되는데! 그런데 아무것도 없어요."

"정말이오? 목에 상처가 없다구요?"

남작이 소리쳤다.

"이게 또 무슨 일이지!"

그는 집게손가락으로 목과 목덜미를 만져 보았다.

"박사! 거울 좀 줘요! 저기 벽에 걸려 있소."

"벽에는 아무것도 없는데요."

"아! 어제 거울을 다 치웠지! 저기 책상 서랍 속에 하나 있을 거요."

키르히아이젠 박사가 거울을 꺼냈다. 남작은 손으로 이마를 한 번 치더니 팔걸이 의자에 털썩 주저앉았다.

그리고는 조용히 말했다.

"그렇지! 왜 바로 그 생각을 못했지!"

박사가 소리쳤다.

"이게 대체 어떻게 된 겁니까!"

"모든 게 밝혀졌소!"

"그럼 저에게 설명을……."

남작은 웃으며 잠긴 목소리로 말했다.

"이건 아주 명백한 일이오!"

"그래요, 어떻게 된 겁니까?"

"이것도 교묘하게 꾸민 속임수가 아니겠소? 아까 이렇게 말씀하셨지요? 아니면 대단치 않은 각성암시이거나. 어떻게 생각하시오, 박사?"

"절 놀리시는 겁니까, 남작님? 당신의 상처와 콩덩굴 실험과 무슨 상관이 있는 겁니까?"

남작의 설명은 그것으로 끝이었다. 그 순간 놀랍고 끔찍한 사건이 일어나 피묻은 붕대에 얽힌 수수께끼는 곧 뒷전으로 밀려났기 때문이다.

남작이 갑자기 벌떡 일어나더니 떨리는 손으로 창문을 열려고 했다.

"무슨 소리요, 박사! 들었소?"

"예! 정원에서 누가 소리를 쳤어요!"

창문이 활짝 열렸다. 남작은 창문 밖으로 몸을 구부렸다.

아래에서 또다시 외치는 소리가 들렸다. 이번에는 소리가 더 컸다.

"그레틀이야!"

남작이 외쳤다.

"그레틀 목소리야! 무슨 일이지?"

그리고 누군가 몹시 흥분해 자갈길을 튀기며 달려오는 소리가 들렸다.

"필립!"

남작이 소리쳤다.

"필립! 무슨 일인가?"

"남작님!"

아래에서 가쁘게 숨을 몰아쉬며 늙은 필립이 우는 소리가 들려왔다.

"또 뱀이! 아가씨의 개가…… 물렸습니다!"

원시림에서 겪은 사건

그 날 키르히아이젠 박사는 괴상하고 짜릿한 경험들을 한 꺼번에 겪게 되었는데, 그 중에서도 조그마한 온실에서 겪은 사건은 그의 뇌리에 길고도 깊은 영향을 남겼다. 그는 오랫동안 온실의 난초방과 불가사의한 인도 밀림에 대한 기억을 떨쳐 버릴 수 없었으며, 이 무서운 체험은 그 후에도 몇 년 동안 계속해서 꿈에 나타나곤 했다. 그 때마다 박사는 소스라치며 잠에서 깨어나 이리저리 주먹을 휘둘렀고, 겁에 질려서인지 용기를 내기 위해서인지는 모르지만 어쨌든 마구 소리를 질러댔다.

그럴 때마다 늙은 베티나가 머리를 흔들며 램프를 들고 방으로 들어와 "박사님! 아이 박사님! 또 밀림에서 뱀 사냥을 하고 계시는군요!" 하고 말하며 애처롭게 걱정했으며 키르히아이젠 박사는 이 소리를 듣고 다시 현실로 돌아오곤 했다.

아무 생각없이 왕진을 온 박사에게 인도의 밀림 속에서 같이 뱀 사냥을 하길 바라는 것은 확실히 이상한 요구이다. 남작을 도와 온실에서 위험스러운 독사를 없애는 것이 조금은 자신의 소관에서 벗어난 일이라는 걸 키르히아이젠 박사도 잘 알고 있었다. 키르히아이젠 박사는 그럴 인물이 아니었다. 그래서 처음엔 한사코 거부하고 싶었다.

박사는 문득 제대로 된 나라라면 이렇게 위험한 동물을 없애는 일을 전담하는 사람들이 어딘가 있을 거라는 생각이 들었다. '도축전문가'라고 불리는!

곧이어 전에 보았던 광견병이 의심되는 개와 관련된 신문 기사 한 구절이 머리에 떠올랐다.

'도축전문가에게 맡겨 모두 없애도록 했다.'

하지만 이런 생각이 박사의 머리를 스치는 순간 남작의 딸이 죽은 빌리를 팔에 안고 훌쩍거리며 올라왔다. 이 만남 덕분에 키르히아이젠 박사는 자기 인생에서 가장 영웅적인 시간을 갖게 되었다. 갑자기 마음이 단호해지며 용기가 솟구쳐 올랐던 것이다.

"아가씨! 이제 그만 우십시오. 불쌍한 개의 원수는 제가 갚아드리도록 하겠습니다! 어떻게 해서 이런 불행한 일이 일어났습니까?"

남작의 딸이 흐느끼며 대답했다.

"빌리가 온실에서 뛰어나오자마자 끔찍한 소리를 내고 울부짖으며 이리저리 펄펄 뛰는 거예요. 그러다 쓰러져 다리를 떨며 죽었어요."

"온실에서 뱀을 찾아내야 돼요. 어서 갑시다, 남작님!"

그러자 남작이 서둘러 말을 이었다.

"잠깐만, 박사! 여기서 기다리시오, 독사를 찾기 위해 뭘 좀 준비해야겠소. 아가야, 넌 집에 있고 내가 허락할 때까지는 정원으로 나오지 말거라."

그리고 옆방으로 사라졌다.

키르히아이젠 박사는 '아가' 쪽으로 몸을 돌렸다. 성숙한 딸을 그렇게 부르는 게 어울리지 않는다고 생각했다.

"빌리를 무척이나 좋아하셨던 것 같습니다."

"빌리는 내게 이 세상에서 하나밖에 없는 친구였어요! 빌리, 귀여운 친구였는데. 불쌍한 빌리!"

남작의 딸은 이렇게 울며 커다란 푸른 눈에서 흘러내리는 눈물을 손등으로 닦았다.

"아니! 아니! 유일한 친구라니? 조금이라도 좋아하는 사람이 없단 말씀인가요?"

"사람이오? 사람들은 모두 재미없어요. 차라리 개하고 노는 게 좋아요."

"신기하게도 우리는 생각이 서로 비슷하군요. 나도 가끔 진실하고 이기적이지 않은 우정은 인간과 동물 사이에서만 가능하다는 생각을 하거든요? 하지만 그런 생각을 큰 소리로 표현할 용기는 없었답니다. 아가씨! 당신은 정신적으로 나보다 몇 년은 앞서 있군요."

그녀는 죽은 빌리를 쓰다듬기만 할 뿐 대답이 없었다.

"참, 잊고 있었네! 발림으로 하는 말은 좋아하지 않으시는데. 그렇죠, 아가씨?"

그녀는 뺨에 맺힌 눈물을 닦아내며 말했다.

"그래요. 사람들이 내가 머리를 예쁘게 했다느니 예쁜 옷을 입고 있다느니 하는 게 지겨워요. 나는 그런 사람들에게는 대꾸도 하지 않고 혼자 가 버리죠."

"사람들이 알랑대는 걸 막는 방법으로는 그게 효과적이겠군요. 나도 그런 사람들은 높이 평가하지 않아요. 그러고 보니 우리는 여러 가지로 생각이 일치하는군요."

"그러네요."

남작의 딸이 조심스럽게 수긍했다.

"박사님도 개를 사랑하죠. 그럼 아침에 늦게까지 침대에 누워 있으세요?"

"그러고는 싶지만 늘 그렇게 늦잠을 즐길 형편이 아닙니다. 할 일이 너무 많거든요."

"저도 그래요! 사실 쓸데없는 것들을 많이 배워야 하거든요. 아빠가 배우라고 하세요. 아빠가 강아지를 새로 사 주실까요?"

"당연히 사 주실 겁니다."

"정말이에요?"

남작의 딸이 반색을 했다.

"이번에는 털이 뻣뻣한 개를 사달라고 해야지. 안녕, 박사님! 전 위로 가봐야 돼요. 박사님은 다른 사람들보다 훨씬 친절한 분이세요."

키르히아이젠 박사는 다른 사람이 있지만 자기가 다른 사람보다 그녀의 마음에 든다는 것이 기뻐 그녀의 고운 손을 붙잡고 물었다.

"누구 말입니까?"

"다른 박사, 늙고 퉁명스러운 의사 말이에요."

남작의 딸이 웃으며 손을 빼냈다. 그녀는 다시 살짝 자기 속내를 내보여 부끄러워하는 것 같았다. 그는 그녀의 뒷모습을 보며 그와 그녀 사이에 단순한 호감 이상의 뭔가가 일어나기 시작한 것에 대해 즐거워했으며 용감한 행동으로 그녀의 존경을 얻어내겠다고 결심했다.

"필립!"

박사는 지금 막 들어오고 있는 늙은 하인을 보고 말했다.

"이제 온실 안을 한 번 살펴보고 싶군요. 특히 울람 싱의 방을 말이오. 날 안내해 주시오."

인도인 정원사가 살던 방은 온실 건물 뒤쪽으로 이어지은 집에 있었는데, 창문도 없고 빛이 유리문의 창유리를 통해 희미하게 들어올 뿐, 매우 삭막해 보였다. 방의 한쪽 구석에는 돗자리 몇 장이 놓여 있었고 가구라고는 울람 싱이 거친 나무판으로 짜 맞춘 탁자가 전부였다. 바닥에는 울람 싱의 가난한 살림살이를 보여 주는 물건들이 여기저기 흩어져 있었다. 흙으로 빚은 냄비 몇 개와 큰 쌀절구 하나, 놋쇠 팔찌와 붉은 구슬로 만든 염주 하나. 탁자 위에는 껍질을 깐 호두 두 줌이 놓여 있었다.

키르히아이젠 박사는 꼼꼼하게 방을 조사했다. 그러나 울람 싱이 은밀하게 어디서, 어떻게, 무슨 목적으로 뱀을 몰래 사육했는지에 대한 수수께끼를 푸는데 조금이라도 도움이 될 만한 단서는 나오지 않았다. 방 안에는 울람 싱이 위험한 동물을 가두었을 바구니나 통은 물론 독사가 먹다 남긴 찌꺼기도 보이지 않았다. 키르히아이젠 박사는 머리를 흔들며 코로 공기를 들이마셨다. 지방이나 피지 냄새가 나는지 알아보려고 했지만 결과는 마찬가지였다. 뱀에게서 나는 냄새는 맡을 수가 없었다.

여차하면 이 위험 지대에서 재빨리 벗어날 수 있는 자세로 입구에서 불안하게 기다리고 있는 필립에게 물었다.

"저기 두 개의 문은 어디로 연결되어 있죠?"

"하나는 난방 장치로 가는 문이고, 다른 문은 난초방으로 통합니다."

"개는 어디에서 물렸죠?"

"난초방에서요."

박사가 난초방의 문을 열며 필립에게 말했다.

"어서 와요!"

"박사님 혼자 가십시오. 전 안 들어가겠습니다."

"그러면 여기서 남작을 기다리시오. 난 먼저 들어가겠소."

크고 밝은 방으로 들어가자 곧 뜨겁고 후덥지근한 공기가 몰려와 숨이 막혔다. 퀴퀴한 곰팡이 냄새가 코를 찔렀고, 또 간간이 맵고 톡 쏘는 냄새도 섞여 있어 눈물과 함께 심한 기침이 났다. 하지만 몇 초가 지나자 곧 답답한 실내 공기에 익숙해졌다.

박사는 주위를 둘러보았다. 바닥에는 물뿌리개 서넛과 갈퀴 하나가 다른 도구들과 함께 흩어져 있었다. 벽 쪽의 길고 폭이 좁은 여섯 개의 탁자에는 화분이 촘촘히 놓여 있었다. 모두 흔한 난초들이었고 대부분 모양도 볼품이 없었다. 키르히아이젠 박사는 그 난초들을 보는 둥 마는 둥 하다가, 놀라 말을 잊은 채 실내의 한가운데를 노려보았다. 그 곳에 환영이, 신기루가 보였던 것이다.

'오, 하느님! 인도의 밀림이 이 곳에! 아니야! 이렇게 꽃이 하늘대며 향기를 풍기면서 수천 가지 환상적인 빛깔을 자랑하는 자연을 달리 무어라 표현할 수 있을까. 천일야화에 나오는 기적처럼 실론 섬의 원시림을 그대로 옮겨왔다고 할 수밖에!'

온실 중앙에는 인도의 망고나무가 위용을 뽐내며 서 있었고 짙은 초록빛의 뾰족뾰족한 잎사귀 사이로 진한 오렌지빛 열매들이 반짝였다. 온갖 덩굴식물들로 뒤엉킨 나무줄기, 그리고 나뭇가지 위로는 푸른 너울이 드리워져 있었다. 그리고 이런 인도 밀림의 녹색 바다를 형형색색으로 수놓는 경이로운 꽃들.

'보라색 꽃받침이 있는 것을 보니 이건 쥐꼬리망초, 저기 붉은 포도주색 꽃은 부겐빌레아, 그리고 여기 벌꿀 색의 별이 달린 것은 실론에서도 가장 예쁜 덩굴식물로 국화과에 속하는 티토니아가 아닌가!'

키르히아이젠 박사는 흥분과 놀라움을 금치 못하고 덩굴식물이 우거진 숲으로 가까이 다가갔다. 자신이 왜 여기에 있는지, 뱀과 그리고 남작의 집에서 일어난 이상한 일들은 이미 까맣게 잊은 상태였다. 그는 자신도 모르는 사이에 식물학자로 돌아와 있었다.

키르히아이젠 박사는 인도에 가 본 적이 없었다. 나병, 수면병 또는 상피병(象皮病) 같은 끔찍하고 이상한 병에 감염되지 않을까 하는 걱정 때문에 신기한 열대 나라는 찾을 생각조차 못했던 것이다. 그 대신 독일과 오스트리아의 가장 큰 식물원에서 중앙 아프리카와 남아메리카는 물론 인도의 식물상까지 철저히 연구했었다. 그런 덕분에 박사는 자연과학자로서 지금 자기 앞에 탄복할 솜씨와 지극한 자연 관찰 그리고 아주 심오한 지식이 어우러져 진짜와 같이 만들어진 인도 원시림의 존재를 자연과학자로서 한눈에 확신할 수 있었다.

이 온실의 기적을 창조한 자는 스스로 전문학자란 칭호를 붙여도 될 만한 사람이었다. 아니 그 이상, 그는 예술가였다! 그는 겨우 몇 평방미터밖에 안 되는 공간에 인도의 작은 밀림을 만들어 낸 사람이었다. 키르히아이젠 박사는 흥분에 몸을 떨며 숲의 가장자리에 무릎을 꿇었다. 이 작은 예술작품을 만들어 낸 울람 싱은 인도 식물계에 대한 심오한 지식에다 세련된 취향과 예술가적 안목까지 두루 갖춘 인물이었다. 그 결과 단순한 수단을 이용했는데도 극히 섬세한 효과가 나타났다. 모든 게 절도가 있었다. 겉보기에는 무질서하고 문란해 보이는 색조까지도 너무 눈이 부시지 않게 신경을 썼다. 이렇게 갖가지 식물들을 좁은 공간에 모아 놓았지만 그럼에도 정원은 넉넉해 보였다.

'과연 울람 싱이야!'

이렇게 보기 드문 예술가의 목숨을 놓고 남작이 죽기살기로 매달리는 것도 무리가 아니었다. 그래! 유럽의 어떤 식물원, 어떤 온실도 이렇게 완벽한 예술작품을 내보일 수는 없었다. 울람 싱은 인도 땅 아주 깊숙이 숨겨진 비밀까지도 알아내어 인도 남부 식물계의 특징을 아주 사소한 것까지 세세하게 재현해 냈던 것이다. 거기엔 그의 고향에서와 같이 망고나무 뿌리들 사이로 빗 모양의 잎을 가진 실론의 식충식물인 벌레잡이통풀이 서식하고 있었다.

'이럴 수가! 이건 지금까지 실론 이외의 지역에서는 유일하게 프랑크푸르트 열대 식물원에만 있다는 실론 미모사가 아닌가. 너무 귀하고 민감한 식물이라 유럽의 모든 식물원들이 부러워하는 그 보물이!'

아주 살짝만 건드려도 잎을 오므리면서 고개를 숙이는 연한 줄무늬 잎을 갖고 있는 실론 미모사가 틀림없었다. 실론 미모사를 풍토에 적응시키는 일은 유럽의 저명한 몇몇 식물학자들만이 할 수 있었는데 그걸 평범한 화초 수집가에 불과한 포그 남작이 해낸 것이다.

그리고 망고나무 주위에는 기이하고 환상적인 잎을 가진

멋진 열대 양치식물들이 무성했다. 방석 모양의 잎을 가진 플라티체리아라는 고사리와 거대한 깔때기처럼 우스꽝스럽게 생긴 차꼬리고사리도 있었다. 처음 온실 안으로 들어왔을 때 퀴퀴한 곰팡이 냄새가 코를 찔러 몹시 역겨웠는데 그 냄새는 바로 거기서 나는 것이었다. 그리고 이 모든 희귀식물들 밑으로 두껍고 파란 양탄자가 깔려 있었다.

'이게 정말 아룬디나리아 발케리아나란 말인가. 모든 열대식물의 토대가 되는 이 꼬마 대나무가 어떻게 여기에! 그런데 저기, 저건 대체 뭐지?'

난초과 식물임에는 분명한데 키르히아이젠 박사가 모르는 식물이었다. 전에 본 적도, 그것에 대해 읽은 적도 없는 종류! 정글 숲의 그늘에서 숨어 있다가 뛰쳐나와 그를 빤히 보고 있지 않은가! 마치 험상궂고 추한 노인의 얼굴처럼 핏기가 없고 주름살투성이인 꽃이 그를 노려보고 있었다. 안에 있는 검은 반점은 두 눈 같았으며 그 가운데에는 마치 비웃기라도 하는 듯 시뻘건 혀가 나와 있었다.

박사는 처음 보는 난초를 보고 몹시 흥분했다.

'남작이 오면 즉시 발견한 곳과 학명을 물어 봐야겠어!'

하지만 그 전에 가까이서 자세히 보고 싶었다. 그는 귀한 식물이 하나라도 손상될까 봐 조심스럽게 무릎을 꿇고 형형색색의 잎덤불 사이로 오른손을 내밀어 그 낯선 난초를 잡았다.

순간 박사의 등 뒤에서 남작의 놀란 목소리가 들렸다.

"아니, 박사! 뭐 하는 거요?"

돌아보니 포그 남작이 공포에 질린 얼굴로 시체처럼 문앞에 서 있었다. 남작은 가죽으로 된 이상한 물건들을 갖고 있었는데 그게 펜싱 장갑이라는 것을 나중에 알았다. 또 대나무 지팡이도 몇 개 들고 있었는데 놀란 나머지, 그것들을 모두 바닥에 떨어뜨리고 말았다.

키르히아이젠 박사가 정중히 말했다.

"진정하십시오, 남작님! 저는 식물들을 다룰 줄 압니다. 당신이 아끼는 식물은 하나도 상하지 않았습니다."

"뱀, 뱀! 어서 나오시오! 당신, 물리고 싶소?"

키르히아이젠 박사가 벌떡 일어나 남작을 바라보았다.

"여기에 뱀이 있다구요?"

"여기 말고 어디에 있겠소? 이 온실 안에 한 마리 아니면 여러 마리가 숨어 있소. 아마도 여러 마리일 거요."

"여기에? 이렇게 멋지고 훌륭한 식물원에요? 맙소사, 그게 어떻게 들어왔을까요?"

남작이 잠긴 목소리로 말했다.

"난들 어떻게 알겠소! 어서 장갑과 지팡이를 받으시오!"

"이렇게 불행한 일이!"

박사가 신음 소리를 냈다.

"그 뱀들이 있는 데를 찾다 보면 이 작고 아름다운 열대 정원이 망가질 텐데. 이걸 어찌한다! 가능한 한 이 식물들을 잘 보존하고 싶었는데……."

그러자 남작이 분통을 터뜨리며 소리쳤다.

"보존해? 모르면 가만히나 있어요! 이런 빌어먹을 잡초들이 다 무슨 소용이야!"

그리고 미친 사람처럼 장갑을 낀 손으로 대뜸 덩굴식물 하나를 움켜잡더니 줄기를 잡아당겼다.

"하지만 남작님! 그토록 많은 노력과 수고를 들여 재배한 이 식물들을 정말로 없애려는 겁니까?"

그러자 남작은 길길이 뛰며 소리쳤다.

"이 보기 싫은 것들을 어서 치워요! 나는 질렸어, 더 이상 꼴도 보기 싫다고!"

남작은 인간의 흉측한 얼굴과 진홍색의 혀를 가진 화려한 난초를 붙잡았다. 그리고 바닥에 휙 던지더니 갈기갈기 짓이겨 버렸다.

"이런! 이게 무슨 짓입니까?"

박사가 안타까워했다.

"이것만이라도 그냥 놔 두시지 그랬습니까. 전혀 모르는 종인데. 어디서 가져왔고 이름은 뭔가요?"

"난들 어떻게 알겠소! 나도 모르오."

남작은 계속 씩씩거렸다. 그리곤 숨을 깊이 들이마셨다.

"자, 시작합시다, 박사! 자, 어서요!"

그는 문 옆의 벽에서 삽과 갈퀴를 가져왔다.

"자, 집으시오! 여기 있는 것은 뿌리까지 다 뽑아 버려야 겠소!"

"모두 말입니까? 이 멋진 미모사 푸디카까지?"

"미모사 푸디카가 뭡니까?"

"예? 그게 뭔지 정말 모르십니까? 남작님의 온실에서 어떤 보물을 재배했는지도 모른단 말입니까?"

"그런데 이것이 미모사 푸디카라는 것은 어떻게 아시오, 박사?"

"박사 학위 때 자연과학 분야를 부전공으로 선택해 시험을 보았습니다. 독극물학에 전념하기 전 수 년에 걸쳐 중유럽의 식물원이란 식물원은 다 찾아다녔죠. 저기 줄무늬 잎이 보이시죠, 저게 미모사 푸디카랍니다. 이 식물은 재미있는 방법으로 자신을 보호하죠. 자, 보세요, 제가 손으로 잎을 가볍게 쓰다듬을 테니! 하느님, 맙소사!"

키르히아이젠 박사는 미모사 위로 몸을 굽히다가 갑자기 외마디 소리를 지르며 물러섰다.

"무슨 일이오!"

남작이 외쳤다.

"뱀이!"

박사는 시체처럼 창백한 얼굴로 말을 더듬거리며 가슴에 손을 얹었다.

"아! 그 안에 숨어 있소? 그럼, 이제 우리에게 잡히겠군. 이 회초리를 들고 준비하시오!"

박사는 입술까지 파리해지며 속삭였다.

"지금처럼 무덤 가까이 가 본 적이 없었습니다. 하마터면 뱀을 건드릴 뻔했어요."

남작은 대답이 없었다. 그는 위험할 정도로 바짝 다가가더니 승마용 채찍으로 덤불 속을 조심스럽게 쑤셔댔다.

남작은 박사를 당황스럽게 하는 구석이 있었다. 박사는 이 늙은 노인에게 이러한 냉혹함과 신속한 결단력, 그리고 이렇게 대단한 행동력이 있으리라고는 생각조차 하지 못했던 것이다. 지금 이 순간 위험을 무릅쓰며 이렇게 당당하게 맞서는 사람이 과연 한 시간 전에 지치고 허약한 몸을 소파에 눕혔던 바로 그 노인이란 말인가?

박사는 호기심에 가득 차서 그의 위험스런 행동을 지켜보았다.

그 때 남작이 갑자기 소리를 낮췄다.

"저기 있소"

순간 푸른 잎들 사이로 납작한 틱 팔루가의 머리가 나타
났다. 그리고 다음 순간 '쉿~' 소리를 내며 번개처럼 채찍을
휘감고 올랐다.

"내려쳐요! 얼른! 내려치라니까!"

남작이 외쳤다.

"자, 이제 됐어요. 저기 저 징그러운 것 좀 보시오. 이제
됐소, 박사! 그만 해요! 마치 학생을 때리듯이 날 패는군."

키르히아이젠 박사는 가는 대나무 막대를 들고 뱀이 있는
곳을 향해 마구 휘둘렀는데 뱀은 없고 남작의 정강이와 무
릎이 보였다. 뱀은 남작이 내팽개친 채찍과 함께 온실 한 구
석에서 꿈틀거리고 있었다.

박사는 동작을 멈추었다. 맞은편에 있는 노인이 진짜 사
냥꾼처럼 내내 냉정하게 자제력을 잃지 않는 모습을 보고,
그는 젊은 혈기를 이기지 못하고 마구 흥분한 일이 차츰 부
끄럽게 느껴졌다.

박사가 가쁘게 숨을 몰아쉬며 남작에게 물었다.

"뱀은 죽었습니까?"

남작이 조용히 대답했다.

"한 놈은 죽은 것 같소. 하지만 조심하시오, 잡초 속에 몇
마리가 더 숨어 있으니. 박사, 당신은 삽을 드시오. 자, 갑
시다! 미모사 푸디카니 하는 건 이제 다 뽑아 버리시오!"

마침내 희귀한 양치류들, 찬란한 난초, 귀여운 난쟁이 대나무, 꽃이 만발한 덩굴식물 등 실론의 귀한 열대 식물들은 모두 무자비하게 뽑혀 잡초더미 위로 내던져지고 말았다. 땅을 뒤덮고 있던 녹색식물을 걷어 내자 차츰 온실 바닥의 황토가 드러났다.

갑자기 남작이 삽을 옆으로 내던지더니 채찍을 잡았다.

"조심하시오! 저기 또 한 마리가 있소!"

과연 불그죽죽한 꽃이 달린 덩굴식물의 가지 사이로 틱팔루가의 몸통에서 발하는 은은한 초록빛이 눈에 들어왔다. 뱀은 마지못해 납작한 대가리를 오른쪽에서 왼쪽으로 돌렸을 뿐, 거의 움직이지 않고 있었다.

남작이 채찍을 쳐들며 속삭였다.

"나는 머리를 치겠소! 박사는 몸통을 노리시오. 자, 지금이오! 야, 이 독사야! 인도에나 있을 것이지, 뭐 할게 있다고 여길 와! 내 온실에서 뭘 하려고!"

남작은 죽은 뱀을 발로 조심스럽게 옆으로 치웠다. 그리고 다시 삽을 집으려 몸을 굽히다가 놀라 소리를 지르며 손을 머리로 가져갔다.

"내 모자가 어디 있지? 박사, 당신이 내 모자를 잡아챘소? 맙소사! 모자가 저기서 그네를 타는군!"

남작의 모자는 마치 눈에 보이지 않는 손이 붙잡고 있는 듯 온실 한가운데에 떠 있었다. 남작은 어안이 벙벙한 얼굴로 모자를 쳐다보았다.

하지만 키르히아이젠 박사는 매우 감격한 눈빛이었다. 박사가 황홀해 하며 외쳤다.

"가시가 붙은 야자인 칼라무스 드라코다! 정말로 덩굴 종려나무로군!"

"어떻게 해서 내 모자가 저 위로 올라갔죠?"

"그 칼라무스 드라코가 그랬습니다!"

박사가 소리치며 얼른 모자를 붙잡으려 했다. 그러나 내뻗은 박사의 팔까지 나무에 잡혀 버리고 말았다. 옷소매가 갈가리 찢겨지면서 얼얼한 통증이 엄습하자 감격은 두려움으로 바뀌어 버렸다.

그건 원시림의 노상 강도라 할 수 있는 덩굴식물이었다. 가는 줄이 길게 이어지는 솜털 잎과 이 줄 끝에 붙은 작은 역갈고리들이 박사의 팔을 사정없이 물고 늘어졌던 것이다.

"이런 염병할 원시림이 내 집에서 모임이라도 가졌단 말인가?"

남작은 정신없이 소리쳤다.

"박사, 어떻게 해야 좋겠소? 피까지 흘리시는데!"

박사가 아픔을 참으며 말했다.

"원시림이 방어하는 겁니다! 팔을 쓰면 안 되겠어요. 빨리 거기 있는 전정가위를 들고 잎을 치십시오. 좋아요, 이것도! 고맙습니다. 이제 마음대로 움직일 수 있군요."

키르히아이젠 박사는 팔을 내리고 찢긴 웃옷과 피가 흐르는 상처를 살펴보았다.

"진짜 실론의 칼라무스 드라코에 팔을 다치리라고는 꿈도 꾼 적이 없는데……"

"가만 있어요! 내 손수건으로 당신 팔을 감아줄 테니. 상처가 그리 크진 않군요! 자, 이제 일을 계속하죠. 왼손으로 이 지팡이를 드시오. 이런, 다시 일거리가 있을 것 같군."

남작은 망고나무의 뿌리들을 가리켰는데, 그 순간 뿌리 사이에서 세 번째 틱 팔루가 기어 나왔다. 이 진기한 동물은 평온을 깨는 낯선 소리에 화가 났는지 나지막이 '쉭~ 쉭~' 소리를 내며 재빠르고 공격적인 몸짓으로 적을 향해 덤벼들었다.

마침내 마지막 틱 팔루가도 생명이 끊어졌다. 그리고 열대림에서의 사냥도 끝이 났다. 이제 온실에 더 이상 무서운 손님들은 없었다. 그러나 그들과 함께 식물학자의 마음을 사로잡았던 귀한 식물들마저 사라져 키르히아이젠 박사는 가슴이 아팠다. 온실 바닥 여기저기에는 덩굴식물들의 화려한 꽃, 위풍당당한 양치류 그리고 진기한 난초들이 짓밟혀

문드러진 채 시들어 가고 있었다. 망고나무는 덩굴로 된 너울을 잃었을 뿐, 여전히 찬란한 초록잎을 자랑하고 있었지만 거대한 가지들은 앙상하게 축 처져 있어 보기에 을씨년스러웠다.

키르히아이젠 박사는 남작을 바라보았다. 그리고 시무룩한 얼굴로 물었다.

"이제 기분이 어떻습니까? 여러 달, 아니 여러 해 동안 이뤄놓은 일이 한 시간 만에 허사가 되었습니다. 이 조그마한 열대 식물원을 만드는 데 얼마나 걸렸죠?"

남작은 웃음을 터뜨렸다.

"그래요, 박사! 당신이 제대로 맞췄소."

목쉰 웃음소리가 갑자기 격앙된 폭소로 바뀌었다.

"이 열대 식물원 때문에 내 인생에서 몇 년이 없어졌지! 그래! 몇 년이 없어졌어!"

그러더니 손으로 이마를 쓸어 올렸다.

"박사! 나 때문에 목숨마저 잃을 뻔했소. 당신에게 어떻게 감사해야 할지 모르겠소."

말없이 몇 초가 지나갔다. 그런데 키르히아이젠 박사에게 갑자기 중요한 생각이 떠올랐다. 지금이 바로 좋은 기회였다. 기회가 왔던 것이다. 그는 남작의 눈을 바라보다가 나지막이 입을 열었다.

"남작님! 제게 따님을 주십시오."

하지만 남작의 대답은 매우 실망스러웠고 기분이 상할 정도였다.

"박사, 소매가 찢어지고 부상까지 입었는데도 기막힌 유머 감각은 여전하시군요. 그럼 차를 마시러 올라갑시다. 좋지요? 이 원시림에서 몇 시간이나 사냥을 했더니 배가 몹시 고파졌소. 하지만 울람 싱부터 먼저 살펴봅시다. 아마 깨어났을 겁니다."

"그러시죠."

키르히아이젠 박사는 입술을 깨물었다. 남작에게 이렇게 빈정거리는 투로 퇴짜를 받고 보니 스스로 부끄럽고 자기 자신에 대해서 화가 났다. 그러나 따지고 보면 남작이 옳았다. 생판 모르던 사람이 만난 지 얼마나 되었다고 감히 그런 청을 한단 말인가! 남작은 박사의 말을 농담으로 받아들였고 결국 아주 점잖게 거절을 했던 것이다.

키르히아이젠 박사는 쓴웃음을 지었다. 그리고 남작에게 말했다.

"방금 전의 상황에서 진짜 원시림이라고 했습니다만 사실 한계는 있었습니다. 생각을 좀 해 보세요, 남작님. 우리가 진짜 정글에서 한 시간 동안 돌아다녔다면 인도의 하등동물계도 조금은 체험하지 않았겠습니까? 예컨대 작은 땅거머리가 있는데 수백 마리씩 떼를 지어 다니죠. 이놈들은 아무리 두꺼운 옷이라도 뚫고 들어와 피부에 달라붙어 피를 빨아 먹지요."

"땅거머리라구요? 혹시 핀처럼 가늘고 유충처럼 움직이는 누르스름한 벌레들 말인가요?"

"바로 그렇게 생겼습니다. 남작님. 피를 좋아하는 작은 악마들을 어떻게 그리도 잘 아십니까?"

"바로 당신 장화 위에 한 마리가 기어가고 있으니까요."

"하느님 맙소사! 대체 이게 어디서 왔지? 맙소사! 정말! 정말, 인도의 거머리가! 저기 한 마리…… 넷…… 여섯……. 오, 스무 마리가 넘는군! 오, 내 옷 속에는 몇 마리가 기어 다닐까!"

"이런!"

남작이 외쳤다.

"그렇다면 내게도 있다는 말인데! 30분 전부터 뭔가가 다리를 무는 듯한 느낌이 들었어. 박사! 나 좀 도와 주시오. 이 벌레들을 떨쳐 내려면 어떻게 해야 되죠?

박사는 이마를 긁적거리며 정신없이 외쳤다.

"글쎄요, 어떻게 이럴 수가 있지? 이 벌레들이 어디서 온 걸까? 울람 싱이 인도에서 가져왔을 리는 없고!"

남작이 다시 격앙된 목소리로 웃었다.

"속임수요, 박사! 모든 게 속임수요! 아니면 각성암시일 거요! 당신이 깨어나도록 팔을 꼬집어 줄까요? 자, 박사. 내 열대 식물원은 두렵지만 진짜요. 섬뜩하지만 진짜입니다. 그건 시인하시겠죠, 박사!"

브러시

키르히아이젠 박사는 조심스럽게 환자가 있는 방문을 닫은 뒤 도구 가방을 팔에 끼고 생각에 잠겨 계단을 내려갔다. 울람 싱의 임종이 닥치면 남작에게 바로 알려주기로 아침에 약속을 했었다. 그 약속을 지켜야 할 시간이 멀지 않은 것 같았다. 여태까지는 주사 덕분에 독의 작용을 이겨내고 약화시킬 수 있었지만 이제는 그게 먹혀 들지 않았다. 15분 전에 마지막으로 아주 강한 처방을 선택해서 주사를 놓았지만 효과가 없었다. 울람 싱은 눈을 감은 채 생기 없이 꼼짝도 않고 병상에 누워 있었는데, 죽음과의 마지막 싸움을 치르는 단계임이 분명했다.

키르히아이젠 박사는 온실에서 울람 싱의 놀라운 예술 작품에 감탄하고 또 그걸 파괴한 뒤라 이 이상한 이방인에 대해 처음으로 깊은 관심을 느꼈다. 그 전에는 그의 만만찮은 병증만이 주의를 끌었을 뿐이었다. 하지만 지금은 '내일 저

안에서 위대한 예술가이자 학자, 그리고 친구로 사귈 가치
가 있는 한 인간이 죽겠구나' 하고 생각했다.

'만일 그와 단 30분 동안만이라도 조경과 인도의 동·식
물에 대해 이야기를 나눌 수 있다면 정말 유익하고 재미있
을 텐데. 틀림없이 여러 가지로 새롭고 귀중한 가치가 있는
것을 많이 배웠을 거야. 예컨대 포충식물인 벌레잡이통풀에
게는 적당한 곤충 먹이를 어떻게 구해 주었는지……. 울람
싱, 안됐어!'

아무리 하찮은 피조물이라도 숨을 쉬다 무심결에 죽이는
일이 없도록 천조각으로 입을 틀어 막는 이 아까운 괴인! 자
연에 대한 깊은 사랑을 이렇게 종교적 습관으로 실천하는
울람 싱, 정말 아까운 사람이었다. 그러나 그는 죽음으로 인
해 큰 고뇌에서 벗어나게 될 것이다.

'그의 필생의 업적인 열대 정원을 삽으로 마구 헤집어 이
렇게 파괴한 것을 보면 기분이 어떨까?'

박사는 홀 안으로 들어갔다. 하지만 남작의 딸은 없고 등
나무의자에 고무줄만 놓여 있었다.

'혹시 테라스에 간 걸까? 아니면 정원에? 글쎄. 다시 비
가 내리는데……. 그녀는 어디에 있을까? 밖으로 나갔을까?
그렇다면 할 수 없이 저녁식사 때까지 참고 기다릴 수밖에.
그 동안 도구들을 다시 제 자리에 가져다 놓아야겠어.'

박사는 방문 앞에 서서 귀를 기울였다.

'방에서 무슨 소리가 나는 걸까? 늙은 필립이나 새로 온 하인이 방을 치우고 잠자리를 정리하는 모양이지.'

키르히아이젠 박사는 망설이지 않고 안으로 들어갔다. 그러나 서둘러 다시 문을 닫고 살짝 빠져나오고 말았다. 박사는 자신의 눈을 믿을 수가 없었다. 방 한가운데에 바로 남작의 딸이 서 있었던 것이다.

'그녀는 얼굴을 문 쪽으로 향하고 있었기 때문에 틀림없이 나를 보았을 거야. 허겁지겁 도망친다면 웃음거리가 될 뿐만 아니라 순간적으로 난처함만 더할 테지. 그러니 다시 조용히 들어가자!'

그녀는 전혀 당황하는 기색이 없었다. 어려운 상황에서도 결코 침착함을 잃지 않는 어엿한 숙녀의 태도를 보이며, 박사에게 고개를 살짝 숙여 인사했고, 보란 듯이 웃음까지 지어 보였다.

"좋은 기구를 갖고 있다고 하시던데요, 박사님! 예쁘고 작은 칼과 주사기, 그리고 바늘 말이에요. 그걸 보고 싶어요."

그녀는 친절하고 정중한 대답을 기다리고 있었다. 하지만 박사는 목이 메어 아무 말도 나오지 않았다. 그녀의 목소리도 거의 들리지 않았다.

'경솔하기 짝이 없군! 하지만 직접 내 방으로 찾아오다니 정말 대담하고 용감해! 젊은 처녀가 나 때문에 이렇게 위험을 무릅쓰다니. 여기 있다가 그녀의 아버지나 하인에게 들키면 어떻게 하려고! 하지만 그녀는 거기까진 생각하지 않고 그냥 온 것 같았다. 내가 테라스와 홀을 돌아다니며 사방에서 그녀를 찾는 동안 이 귀엽고 사랑스러운 아가씨는 내 방에 와서 날 기다리고 있었던 것이다. 도대체 얼마나 오랫동안 날 기다렸을까!'

"아가씨!"

키르히아이젠 박사는 속삭이며, 그녀의 손 위로 몸을 굽혔다.

"그 안에 들어 있나요?"

그녀는 박사가 팔에 끼고 있는 검정색 가죽 가방을 가리켰다.

"뭐가요?"

"칼과 바늘 말이에요. 저에게 좀 보여 주세요! 날카롭고 뾰족한 칼을 보고 싶어요."

그녀는 가볍게 책상에 뛰어올라 편안히 자리에 앉더니 스커트의 주름을 가지런히 정리했다.

"아, 그 지겨운 기구들은 치웁시다, 아가씨!"

박사가 말했다.

"당신과 이렇게 둘이서만 이야기할 수 있어 무척 기쁩니다. 그러나 지금 누군가 온다면……."

그녀는 경멸하는 듯이 입술을 삐죽 내밀었다.

"나는 전혀 상관없어요."

키르히아이젠 박사는 그녀의 고백을 듣고 기쁜 나머지, 그녀의 손을 덥석 붙잡았다.

"정말입니까, 아가씨?"

모든 동작이나 크고 푸른 눈의 활발한 움직임으로 보아 그녀는 갑자기 우아하고 천연덕스러운 개구쟁이로 돌아와 있었다.

'이렇게 갑작스럽게 변하다니!'

키르히아이젠 박사가 '아가씨'라는 말을 입에 올리기가 무섭게 의젓한 숙녀에서 말괄량이로 변해 버린 것이다.

"아가씨, 정말 그 기구들 때문에 여기 왔습니까?"

하지만 곧 질문이 세련되지 않다는 것을 느꼈다. 어떻게 감히 그런 말을 하게 되었는지 스스로 생각해도 알 수가 없었다. 하지만 일단 말을 꺼낸 김에 왜 그녀가 헛된 희망과 꿈으로 말미암아 바보짓을 했는지 직접 그녀의 입을 통해 듣고 싶었다.

남작의 딸은 얼굴만 붉힐 뿐, 아무 대답도 하지 않았다.

"정말로 기구들 때문에? 단지 그것 때문입니까, 그레틀?"

남작의 딸은 고개를 떨군 채 말이 없었다. 그러다 갑자기 고개를 들어 박사에게 물었다.

"알고 계셨군요?"

키르히아이젠 박사는 기뻐서 외쳤다.

"금방 알아차렸답니다! 당신이 내 방에 서 있는 걸 보고."

남작의 딸은 아주 심각한 표정으로 말했다.

"유감이에요. 당신이 밤새도록 잠들지 않고 내 생각을 했더라면 좋았을 텐데!"

"꼭 그렇게 하겠소, 그레틀! 당신에게 약속하겠습니다. 하루 내내, 밤새도록. 그레틀, 당신은 사랑이 뭔지 알기나 합니까?"

그녀는 아주 간단하고 분명하게 대답했다.

"물론 알지요. 사랑이란, 기사가 공주를 구하기 위해 용을 때려죽이거나 바다를 헤엄쳐 가는 것이죠."

"한 순간만이라도 진지해질 수 없겠소, 그레틀! 이렇게 끊임없이 농담만 하다니, 정말 당신다운 일이오. 하지만 단둘만이 있을 수 있는 귀중한 시간들이 흘러가고 있소. 당신이 조금이라도 내게 연민을 가졌으면 좋겠소."

"연민? 쳇!"

남작의 딸은 아주 쌀쌀맞게 대답했다.

"연민, 그건 재미없어요. 푸른 수염의 기사(17세기 프랑스 동화의 주인공)야말로 진짜 남자였어요. 자기 부인들의 목을 쳐 죽이고 계속 새로운 여자를 얻었어요. 내가 결혼할 남자는 길고 푸른 수염을 가진 사람이어야 해요. 그렇지 않으면 결혼하지 않을 거예요."

박사는 매끄럽게 면도한 턱을 만지작거리며 그녀의 생각을 바꿀 궁리를 했다. 이윽고 다시 말을 시작했다.

"자기 부인들을 죽여 유명해진 푸른 수염의 전설은 학문적으로 근거가 없습니다. 역사학자들은 인류학적으로 푸른 수염의 전설은 잘못 알려진 거라고 주장합니다. 실제로 푸른 수염의 기사는 평생 푸른 수염을 가진 적이 없었다는 얘기입니다."

"연극에서는 배우가 푸른 수염을 달고 있던데! 하긴 그렇겠죠. 연극처럼 거짓말이 많은 것도 없으니까요. 참말은 절반도 되지 않아요. 그래서 나는 동물들을 보러 서커스에 가는 걸 가장 좋아해요. 사납긴 하지만요."

"또다시 우리의 취향이 일치하는군요. 나도 동물들이 재주부리는 걸 무엇보다 좋아한답니다."

"올해는 서커스 구경을 열한 번이나 갔어요. 나는 조련사가 자신의 머리를 큰 사자의 입 속에 집어 넣는 것을 여덟 번이나 봤죠."

"여덟 번이나! 조금 지루하지 않았습니까?"

"아뇨. 전혀 지루하지 않았어요."

남작의 딸은 낮은 목소리로 말하면서 몸을 기대며 눈을 감았다.

"나는 계속 구경을 갔어요. 제발 사자가 사납게 변해 조련사의 머리를 물어뜯기를 바라면서요. 아, 그걸 보고 싶었는데 못 보다니!"

"진심으로 하는 말씀이십니까?"

박사는 괴로운 나머지 그녀의 손을 놓아 버렸다. 아름다운 여자에게 이렇게 잔인한 면이 있다는 사실에 깜짝 놀랐던 것이다. 박사는 그녀를 찬찬히 살펴보았다. 갑자기 그녀가 전보다 더 나이 들어 보였다. 입과 눈가의 어렴풋한 주름이 지금처럼 뚜렷하게 보인 적이 없었다. 뭔가 꺼림칙한 느낌이 들었다.

'이 여자는 나에게 맞는 사람일까? 이렇게 악한 성향을 가진 여자가 과연 남편을 따르고 사랑할 수 있을까? 이렇게 극도로 잔인한 자극만을 즐기는 여자일 것 같으면 남편에게 곧 싫증을 낼 것이고 또 냉정하게 차 버릴 것 아닌가? 그래, 남작의 딸은 좋은 사람이 아니야!'

침묵과 당혹감 속에서 잠시 시간이 흘렀다. 남작의 딸이 박사의 생각을 눈치챈 모양이었다.

"이제 가야겠어요."

그녀가 책상에서 내려왔다.

"벌써 늦었어요."

이 한 마디에 키르히아이젠 박사의 도덕적 고민은 온데간
데없이 사라져 버리고 말았다.

"안 돼요. 그냥 이렇게 갈 수는 없어요. 그레틀!"

"나를 못 가게 하려구요?"

그녀는 얼마 전에 했었던 것처럼 뽀루퉁하게 입술을 내밀
었다.

"그렇게는 안 될 걸요."

"오늘 저녁에 다시 만나주겠다고 약속해 주세요. 당신에
게 할 얘기가 아직 많이 남아 있답니다."

"오늘 저녁에요?"

남작의 딸이 심각하게 되물었다.

"그래요! 당신에게 할 얘기가 많아요. 당신이 시간과 장소
를 정하세요! 아니, 내가 결정해도 될까요? 온실에서 10시
에 만납시다. 거기라면 아무도 우릴 방해하지 않을 겁니다."

"10시라구요?"

그녀가 고개를 저었다.

"그건 안 돼요."

"왜 안 되는 겁니까?"

"그 때는 내가 한참 자고 있는 시간이거든요."

"미안합니다. 아직 이 집의 습관을 잘 모르거든요. 그럼

154

당신이 편하게 시간을 앞당겨야겠군요. 7시쯤 만나면 어떻겠습니까?"

"좋아요."

"그럼 7시에 온실에서 뵙죠. 그 곳에서는 우리 둘뿐일 겁니다."

"우리뿐이라구요? 재미있겠는데요!"

남작의 딸이 웃었다.

"이젠 정말 가야 돼요."

키르히아이젠 박사는 다시 용기를 냈다.

"가기 전에 키스해 줘요, 그레틀. 한 번만 작별의 키스를!"

박사는 이런 부탁을 입 밖에 낸 걸 바로 후회했다. 어쩌면 이렇게 뻔뻔할 수 있을까! 박사는 지금 자신의 성급함 때문에 결국 모든 걸 망쳐 버렸다고 생각했다.

그런데 그게 아니었다! 그녀는 전혀 기분이 상한 기색이 아니었다. 아니, 오히려 그의 청을 기다렸던 것 같았다. 엄청난 행운에 놀란 박사의 눈에 갑자기 그녀의 키가 더 커 보였다.

'어, 그녀가 발끝을 들고 서 있지 않은가!'

그런데 이상하게도 그녀는 입술을 쫑긋 내밀고 박사의 오른쪽 콧잔등을 향해 다가왔다. 그리고 그녀가 키스하는 걸 느꼈다. 비록 키스가 콧날개에서 이루어지긴 했지만 그 때문에 즐거운 마음이 크게 상하지는 않았다.

그러나 곧 무슨 소리가 들려 몸을 움찔했다. 박사가 걱정이 되어 물었다.

"무슨 소리죠, 아가씨?"

둘은 아무 말도 않고 귀를 기울였다. 계단을 올라오는 발걸음 소리였다.

"당신 아버지일지 모르겠소, 그레틀. 이리로 오신다면 어떻게 하지! 우리가 너무 조심성이 없었소!"

정말이었다. 복도에서 발소리가 들려왔다. 키르히아이젠 박사는 방 안을 둘러보았다. 방구석을 가리고 있는 녹색 커튼에 시선이 닿았다. 그는 단숨에 뛰어가 커튼을 옆으로 밀쳤다. 거기에는 옷과 배낭, 그리고 코트가 걸려 있었다. 벽에는 등산 지팡이와 아이스 피켈이 나란히 기대어 있었고 바닥에는 칭칭 감은 밧줄 두 묶음이 놓여 있었다. 하나는 길고, 하나는 짧았다.

"이리 와요, 아가씨."

키르히아이젠 박사가 소리를 낮춰 남작의 딸을 불렀다.

"어서 이리 와요. 그리고 움직이지 말아요!"

박사는 그레틀을 커튼 뒤로 잡아끌었다.

"나를 숨기려구요?"

그녀가 소리를 죽여 낄낄댔다.

"이것 참, 재미있겠는데!"

박사는 커튼을 당겨 그녀를 가리고 나서 부탁했다.

"제발 조용히 있어요."

바로 그 때 문을 두드리는 소리가 들렸다.

그래도 시간이 있어 서둘러 창 쪽으로 달려가 최대한 자연스러운 태도를 취했다.

"들어오세요."

예상했던 대로 남작이었다.

키르히아이젠 박사는 '휴, 다행이군!' 하고 숨을 내쉬며 쓰러지지 않게 창턱을 꽉 붙잡았다.

'발소리를 듣지 못했다면 어떻게 되었을까! 그레틀이 아주 얌전히 숨죽이며 있어 줘야 하는데! 가만히 있질 못하는 성격이니 무리한 요구이긴 하지만. 남작이 시간을 너무 오래 끌지 않으면 좋겠는데.'

남작이 입을 열었다.

"갑자기 찾아와서 미안합니다, 박사. 하지만 그 일 때문에 가만히 있을 수가 없었소."

"무슨 일 말입니까, 남작님?"

키르히아이젠 박사는 걱정스러운 눈으로 커튼을 바라보았다. 커튼 주름이 수상하게 움직였던 것이다.

"병실에서 오는 길이오. 박사, 울람 싱이 숨을 쉬지 않고 있소! 간혹 심장이 완전히 멎기도 하고. 혹시 우리가 모르는 사이에 갑자기 죽어 버린다면…….”

“그런 일은 없습니다, 남작님.”

“그냥 보고만 있어선 안 되겠소. 그렇게 될 가능성은 희박하다고 해도 불안해서 도무지 가만히 있질 못하겠소.”

키르히아이젠 박사는 초조했다. 이야기가 정말로 오래 갈 모양이었다.

‘남작이 바라는 게 뭘까? 결국 카라진 혈청을 얻어내려고 하는 게 아닐까? 방에서 나가게 할 수 있으면 좋겠는데! 커튼 뒤가 술렁거리는군. 하지만 보지 않는 게 상책이야. 그렇지 않으면 남작에게 당황하는 기색을 들키고 말 테니까. 또 이상한 양복을 입고 있네! 남작에게 전혀 맞지 않는 옷인데, 그냥 헐렁하게 걸쳐 있을 뿐이야. 포그 남작은 원래 옷을 크게 입는 모양이군. 건장한 사람들에게 맞는 크기로 말이지…….’

“박사, 간단히 말하겠소! 그 약을 써야겠소, 카라진 혈청 말이오. 오늘 당장!”

‘과연! 또 그 이야기였어.’

“남작님!”

박사가 진지하게 말했다.

“내가 아무 분별 없이 그 독을……. 그래요, 다시 말하지만 그건 독입니다! 카라진 혈청은 바로 독이라구요. 내가 아무 분별 없이 그 독을 쓴다면 바로 남작님이 걱정하는 일이 생길 겁니다. 울람 싱은 한 시간 안에 죽게 되고……."

남작이 조용히 말했다.

"그래요! 하지만 죽기 전에 30분 동안은 빈사 상태에서 깨어나겠죠."

"남작님, 헛수고하지 마세요. 저는 이 불법적인 약을 사용할 수도 없고 사용해서도 안 됩니다."

"박사, 이제 어쩔 수 없이 모든 것을 털어놓아야겠군요. 사실은……."

남작이 문득 말을 멈추었다. 갑자기 그의 눈에 의아해 하는 기색이 보였다. 그 때 방 뒤쪽에서 부스럭거리는 소리가 나자 박사는 눈앞이 캄캄해졌다. 박사는 돌아볼 생각도 하지 못하고 긴장한 채 남작의 얼굴을 바라보며 분노가 폭발하기를 기다렸다. 파국! 이젠 정말 파국이었다!

그런데 아니, 아무 일도 일어나지 않았다. 먼저 그레틀의 천진난만하고 맑은 웃음소리가 울려 퍼지더니 이어서 목소리가 들렸다.

"더 이상 저 답답한 구석에서 참고 있을 수가 없었어요. 그래서 나왔어요, 아빠!"

남작은 여전히 말이 없었다. 키르히아이젠 박사는 쇠로

된 손가락이 목을 조이는 듯한 느낌이 들었다.

'지금 남작의 가슴속에서는 어떤 일들이 일어나고 있을까! 남작에게 뭔가 설명을 하고 내가 잘못했다고 하는 게 지금 내가 해야 될 도리야. 그렇게 하면 일이 아주 잘 될지도 몰라. 처음부터 진실을 말하는 게 숨바꼭질을 계속하는 것보다 나아. 무슨 일이 있었는지 그리고 내 의도가 무엇인지를 말하는 게 가장 현명한 일이야.'

"남작님!"

키르히아이젠 박사는 말을 꺼냈지만 흥분 때문에 목소리가 떨리고 있었다.

"남작님에게 고백할 게 있습니다. 따님을 여기서 만나 놀라셨을 겁니다. 따님에게는 아무 잘못이 없습니다. 믿어 주십시오. 제가 따님에게 여기에서 만나자고 했습니다. 남작님, 따님을 처음 본 순간부터 제 마음은……."

남작은 따분하다는 듯 박사의 말을 끊었다.

"아, 박사! 내 딸은 끌어들이지 맙시다. 긴히 할 이야기가 있으니까요."

그리고는 그레틀에게 화를 냈다.

"넌 밖으로 나가 있거라! 여기까지 네가 지키고 있을 셈이니? 정말 짜증이 나는구나. 네가 좋아하는 프랑스어 공부나 마저 하고 어서 자거라."

남작의 딸은 박사에게 눈길을 한 번 주고는 서둘러 방을 빠져나갔다.

키르히아이젠 박사는 꼼짝도 않고 서 있었다. 일이 이렇게 끝나리라고는 전혀 예상하지 못했던 것이다.

'이런 귀족 가문에서 어떻게 이럴 수가? 무슨 이 따위 도덕이! 자기 딸이 외간 남자의 방에 있는 걸 보고도 전혀, 아무 말도 않다니! 노여움이나 꾸짖는 말 한 마디도 없이! 자기 자식에 대해 눈곱만큼도 화를 내지 않아. 맙소사! 누가 이런 상황을 이해할 수 있겠어! 누가 이런 상황을 이해할 수 있겠는가 말이야! 누가……'

이런 생각을 하고 있는데 남작의 목소리가 귀를 때렸다.

"박사, 당신에게 다시 그리고 마지막으로 한 번 더 묻겠소. 카라진 혈청은 사용하지 않을 거요?"

어느새 방 안이 캄캄해졌다.

남작의 목소리는 전과 아주 달랐다. 더 이상 사정하는 게 아니라 거의 위압적으로 요구하는 말투였다. 하지만 키르히아이젠 박사는 겁을 내지 않았다. 그리고 잠시 생각하다 대답했다.

"안 됩니다. 제 생각을 바꿀 수는 없습니다. 더 이상 절 압박하지 마십시오. 아시는지 모르지만 남작님은 제게 범죄를 재촉하시는 겁니다."

박사의 이 말에 남작은 아무 말도 하지 않고 방에서 나가 버렸다.

방에는 박사 혼자뿐이었다. 박사는 스위치를 눌러 샹들리에를 켜고 시계를 보았다. 7시 10분 전이었다.

'빨리 정원으로 가야겠군! 그레틀이 기다리게 해선 안 돼. 그녀가 와야 할 텐데! 남작이 그녀를 못 오게 할지도 몰라. 혹시 그레틀이 내 방에 와 있었던 일로 벌을 받고 있는 것은 아닐까.'

키르히아이젠 박사는 문을 열고 나가기 전에 주위를 둘러보았다. 갑자기 방 안에 있는 모든 것들이 사랑스럽고 친근하게 느껴졌다. 그녀가 앉아 있던 책상, 그녀가 숨어 있었던 커튼까지도.

'그런데 저기, 저게 뭐지?'

침대를 덮고 있던 이불이 흐트러진 채 볼썽사납게 구겨져 있었다. 누군가 여기저기 마구 어질렀다가 다시 서둘러 정리를 하려고 했던 것 같았다. 박사의 머릿속에 혹시 그녀가 아니었을까 하는 생각이 스쳐갔다.

'내가 와서 그만둔 거야! 날 놀라게 해 주려고 준비하던 중이었을 거야. 내게 사진을 가져왔을지도 몰라. 어쨌든 여기에 뭔가를 숨겨놓았을 거야! 참, 내가 밤새도록 잠을 자지 않고 그녀 생각을 했더라면 좋았을 거라고 했잖아? 그래! 내게 그녀의 사진을 가져 온 게 틀림없어! 이렇게 귀엽고 매혹적인 일이 또 어디 있을까!'

키르히아이젠 박사는 침대 시트 밑으로 손을 넣어서 쿠션 사이를 만져 보았다. 그러자 뭔가 딱딱한 물건이 만져져 끄집어 냈다. 그리곤 진지한 표정으로 손에 들고 있는 물건을 바라보았다.

그것은 브러시였다.

실론에서 온 마지막 손님

키르히아이젠 박사는 조용히 집에서 빠져 나왔다. 정원은 어스름에 잠겨 있었고, 나무 꼭대기 위로 보이는 하늘은 어두운 보랏빛으로 변해 있었다.

박사는 잠시 멈춰 서서 주위를 둘러보았다. 아무도 없었다. 불을 켜둔 병실의 창문을 통해 커다란 빛줄기가 자갈 위로 뻗어 있을 뿐, 사방은 캄캄했다. 멀리 시내에서 전차 종소리가 들렸다.

온실에는 아무도 없었다. 키르히아이젠 박사는 불을 켰다. 하지만 천장에 달려 있는 푸른 백열등은 이 큰 공간을 밝히기엔 너무 작고 빛도 약했다. 박사는 부서진 정원용 의자에 앉아 그레틀을 기다렸다.

15분쯤 지났을까, 가냘프게 찌르륵거리는 벌레 울음에 섞여 문의 경첩이 움직이는 소리가 들렸다. 박사는 고개를 들었다.

'아, 드디어! 그녀가 나타났다! 매력적인 모습으로!'

그녀는 숨을 헐떡이고 있었으며 어깨에 두른 숄이 그녀를 따라오며 나부꼈다.

"그레틀! 이렇게 나와 줘서 정말 고맙소!"

박사는 문득 그녀가 자기 침대에 브러시를 놓아둔 일이 생각나 그녀의 손목을 잡았다.

"장난꾸러기! 정말 귀여워!"

장난꾸러기라는 말을 듣고 그녀는 무척 좋아했다.

"그걸 보셨군요? 아이, 재미있어! 며칠 전에도 엄마에게 똑같은 장난을 했는데. 엄마는 아직도 화가 안 풀리셨나 봐요. 박사님도 화가 났어요? "

"많이요! 하지만 키스를 받는다면 다시 괜찮아질 거예요!"

그레틀은 괜히 잘난 체하는 여자가 아니었다. 하지만 우스꽝스럽게도 키스를 할 때 발을 쫑긋 세우는 게 아닌가!

'대체 왜 그러지? 별난 버릇도 다 있네!'

박사는 이런저런 생각을 할 시간이 없었다. 그레틀의 키스가 그의 오른쪽 눈언저리에 닿아 하마터면 안경이 벗겨질 뻔했다. 키르히아이젠 박사는 안경부터 제자리에 갖다 놓았다. 그리고 그녀의 손목을 잡았다. 결정의 순간이 온 것 같았다.

박사가 속삭였다.

"그레틀! 내 아내가 되어주지 않겠소?"

그러자 그녀는 진지한 표정으로 물었다.

"결혼하자구요? 언제요?"

"곧. 할 수 있다면 몇 주 안에."

그녀는 침착하면서도 단호하게 대답했다.

"안 돼요."

하지만 곧 생각을 바꿨는지 다시 말했다.

"아니, 그래요. 좋아요."

키르히아이젠 박사는 깊이 숨을 들이쉬었다. 흥분으로 온몸이 떨렸다.

'일이 이렇게 빨리 이루어지다니……'

오늘 아침까지만 해도 그녀를 몰랐지만 이제는 그녀 없이 어떻게 살아야 할지 상상조차 할 수 없었다. 그녀가 그에게 손을 내밀었던 오늘 아침, 그는 아주 대담하게 행운을 거머쥘 꿈을 품었는데, 이제 그 꿈이 확실하게 그의 손에 들어온 것이다.

그레틀은 그의 팔에서 벗어나 주위를 둘러보았다. 그리고 나지막이 말했다.

"그렇게 많고 예쁜 꽃들이 다 어떻게 됐는지 지금은 하나도 없네요!"

키르히아이젠 박사는 잘못했다는 듯 고개를 숙였다.

"그래요, 다 없어졌어요! 죽고 시들고……."

두 사람 사이에 침묵이 흘렀다. 그리고 얼마 뒤 박사는 그의 계획을 설명하기 시작했다.

"난 다시 개업의가 되겠소. 또 내 재산에서 나오는 수입도 있으니 우리 둘은 편안하게 살고도 남을 것이오. 나는 시내 콜마르크트에 다섯 개의 방과 발코니, 부엌이 딸린 큰 집이 있는데 우선은 거기서 살 생각이오. 3층인데 물론 승강기도 있소."

"부엌도 3층에 있나요?"

"물론이오."

"그건 안 돼요. 엄마의 친구인 쉰보른 아줌마가 지난 주에 결혼을 했는데 부엌이 1층에 있고 거실과 방은 2층에 있어요. 음식을 아래에서 만들어 다 되면 승강기를 통해 위층으로 보내요. 나도 그렇게 할래요."

"그 문제는 내가 잘 모르니 당신이 하자는 대로 따르겠소, 그레틀. 오늘 집주인과 이야기해서 2층을 쓰고 싶다고 말해 보겠소."

키르히아이젠 박사는 이렇게 말하고 나서 어떻게 하면 늙은 베티나를 아래층으로 옮겨 일하게 할 수 있을지 이리저리 궁리했다. 그러다가 다시 그레틀에게 물었다.

"아무것도 없는 부엌에서는 뭘 할까?"

"암실로 써요."

키르히아이젠 박사는 진정으로 감탄했다.

"맞아! 당신은 실용적인 일에 대한 안목이 있군요. 난 거의 없어졌는데"

그리고 다시 물었다.

"사진을 찍어요?"

"아니요."

"나도 그래요."

"어쨌든 암실은 있어야 돼요. 아빠도 하나 갖고 있어요. 초록색과 붉은색 등이 켜져 있는데, 아빠가 못 들어가게 해요. 내가 모든 걸 망가뜨리고 부숴 버릴까 봐."

그녀는 잠시 생각에 잠겼다가 다시 말했다.

"전화는 내 침대 옆에 놓아야만 해요."

"침실에? 그게 지금 유행이오?"

"그럼요. 아침에 깨어나면 부엌에 점심이 무엇인지 물어볼 거예요. 그리곤 아빠에게 전화할 거예요. '그레틀이에요! 9시 반인데 아직도 침대에 누워 있어요!'라고……. 재미있을 거예요! 하지만 아빠가 못하게 할 것 같은데."

"뭘 못 하게 한다는 거죠?"

"우리 결혼 말이에요."

키르히아이젠 박사는 가만히 있었다. 그는 경험상 이런

점에서는 그레틀의 예견이 더 뛰어나다는 것을 인정하지 않을 수 없었다.

그녀는 한참을 생각하다가 말했다.

"괜찮아요. 그럼 약혼부터 해요. 이제 우리 이름의 첫 글자를 어딘가에 새겨 넣고 하트로 그 주위를 둘러 그리도록 해요. 전에 제 프랑스어 선생님이 우체국 직원과 약혼할 때도 그렇게 했어요. 자 여기, 이 나무에 그려요. 이 나무라면 충분하겠어요."

그레틀로부터 이런 제안을 받자 키르히아이젠 박사는 기분이 황홀했다. 키르히아이젠 박사는 주머니칼을 이용해 힘찬 필체로 자신과 그레틀의 머릿글자를 망고나무의 줄기에 새겨 넣고 하트 모양을 그려 그 둘레를 멋지게 장식했다. 그레틀은 몹시 만족스러운 얼굴이었다.

"이제 우린 정식으로 약혼한 거예요. 안녕. 벌써 늦었어요. 걱정이 돼서 가야겠어요."

그녀는 뺨에 손을 귀엽게 갖다대고는 걱정스러운 듯 바로 문 밖으로 나갔다. 키르히아이젠 박사는 잠시 그녀의 뒤를 바라보다 수첩을 꺼내 적었다.

'내일 집주인과 2층 부엌에 관해 이야기할 것. 전화 교환국에는 새 전화를 신청.'

박사는 수첩을 다시 집어 넣으며 혼잣말로 중얼거렸다.

'내일 바로 신청서를 작성하는 게 좋겠어. 빈에서 새 전화를 받으려면 적어도 반 년은 걸릴 테니까.'

순간 키르히아이젠 박사는 귀를 곤두세웠다. 분명 잘못들은 건 아니었다. 누군가의 발걸음 소리가 점점 가까이 다가오고 있었다. 과연, 두 사람이 정원을 지나 온실로 향하고 있었다. 남작과 필립이었다.

'이렇게 늦은 시간에 온실에는 무슨 일로 오는 걸까? 저 노인네가 혹시 의심이라도 하고 있는 건 아닐까? 나와 그레틀이 여기 있는 걸 알고 갑자기 들이치는 게 아닐까?'

키르히아이젠 박사는 서둘러 숨을 곳을 찾았다. 재빨리 사라져야만 했다. 그렇지 않으면 남작에게 온실에 있는 이유를 어떻게 설명한단 말인가?

'저기 수많은 화분이 놓여 있는 정원 탁자 뒤, 거기라면 아무도 못 찾아낼 거야.'

"안심하고 들어오게."

남작의 목소리가 들렸다.

"여기에 뱀은 한 마리도 없어. 모두 때려잡았어."

포그 남작은 머리를 숙인 채 천천히 망고나무가 있는 곳으로 다가왔다. 늙은 하인이 몇 걸음 뒤에서 주인을 따라왔는데, 그 역시 걱정스러운 듯 고개를 떨구고 있었다. 남작은 손을 들어 망고나무의 줄기에 가져가 나무 껍질이 패인 자리를 정답게 어루만졌다.

키르히아이젠 박사는 탁자 뒤에 몸을 감춘 채 숨조차 제대로 쉬지 못했다. 그리고 남작의 이상한 행동을 초조하게 지켜보았다.

'나무 껍질에 새겨놓은 걸 발견하면 안 되는데!'

"필립, 벌써 열매를 맺지 않았나."

남작은 손으로 나뭇잎을 어루만졌다. 그의 손이 닿자 나뭇가지가 처지며 움츠러들었다. 필립이 다가와 남작의 손에서 열매를 집어 들고 오랫동안 살펴보다 입으로 깨물었다.

"맛이 묘한데요. 살구 같기도 하고 신 오이 같기도 해요."

이어 지치고 슬픈 듯한 남작의 목소리가 들렸다.

"과일이 말라 시들거나 땅에 떨어져 썩으려면 얼마나 있어야 될까. 나뭇잎은 시들고 줄기도 썩어 힘없이 문드러지겠지."

"그렇게 상심하실 만합니다, 나으리!"

필립이 감정에 북받쳐 잠긴 목소리로 조그맣게 말했다.

"남작님은 이제야 비로소 절망하시는군요."

"아직도 늦지는 않았어. 그나저나 박사가 혈청을 주려고 하지 않으니 어떻게 하지. 하긴 박사는 양심에 가책을 받을 만한 일을 하고 있는지도 몰라."

"남작님께서 박사에게 무슨 일이 있었는지 모두 말씀하시면 어떨까요. 그러면……."

"그러면 날 안 믿겠지. 아마 날 비웃는 얼굴로 바라볼 거야. 하지만 울람 싱이 다시 한번 정신을 차릴 수 있을지 몰라! 한 번 깨어난 적이 있어. 의식이 완전히 돌아와 대마초를 달라고 하면서 수건을 삼키려고 했지. 울람 싱의 실험은 늘 그렇게 시작돼. 한 번만 더 깨어나면 좋을 텐데."

"제가 남작님께 늘 말씀드리지 않았습니까. 정말 간곡히 말입니다. '제발 이 이방인과 관계를 맺지 마십시오'라고. 울람 싱은 기독교인도 아니고, 카톨릭교인도 아니니까요. 하지만 저 같은 늙은이의 말은 안 들으셨지요."

"필립, 그렇게 지난 일을 끄집어 낸다고 무슨 소용이 있겠나. 그래, 하지만 내가 너무 경솔했어."

"오만이었……. 남작님, 용서해 주십시오."

"그래, 그건 오만, 만용, 아니 자살이었어! 필립, 인생을 망치는 사람들이 없는 건 아니야. 노름, 술, 여자에 빠져서 말이야. 하지만 나처럼 어리석고 경솔하게 자신의 삶을 버리는 사람은 아무도 없었어. 나 혼자만 그랬으면 또 몰라! 난 괜찮아."

"남작님, 그렇게 말씀하지 마십시오."

"난 아무래도 괜찮아! 하지만 나는 천진무구한 아이까지도 불행에 끌어들였어! 오 불쌍한 것……."

갑자기 말소리가 그쳤다. 남작의 관심이 다른 데로 쏠렸던 것이다. 그는 말없이, 그러나 몹시 흥분해서 망고나무를 쳐다보았다.

'남작이 나무껍질에 새겨진 글씨를 발견한 걸까?'

이런 생각이 박사의 머리를 스쳤다 .

'그가 말을 계속할까? 마침내 비밀이 탄로난 건 아닐까?'

키르히아이젠 박사는 귀에 온 신경을 모았다. 모든 피가 머리로 몰리는 것 같았다. 하지만 그런 한탄이나 고백은 그저 단편적으로만 알아들을 수 있을 뿐, 그 의미는 이 집에서 듣고 본 모든 것처럼 여전히 의문 투성이였다.

'그런데 이 모든 게 그레틀과 무슨 상관이 있는 것일까? 맙소사, 그레틀에게 어떤 위험이 닥친 게 아닐까? 남작이 천진무구한 아이까지 불행에 끌어들였어! 오 불쌍한 것이라고 했지…….'

바로 그 때 뭔지 알 수 없는 소리에 정적이 깨졌다. 필립이 놀라 고함을 질렀던 것이다.

"저기, 저기에 있습니다!"

"어디에?"

남작이 외쳤다.

"여기, 여기입니다! 바로 남작님 앞의 나뭇가지 위예요.

정말로 크고 진기하게 생겼는데요!"

"이 빌어먹을 것!"

남작의 목소리가 높아졌다.

"어떻게 다시 나타났지? 새끼가 살아 있었나? 이런 망할 놈의 것! 죽어라! 그래……, 그래……, 그래!"

그리고 뭔가를 마구 짓밟는 소리가 들려 왔다. 박사가 숨어 있는 곳에서는 남작을 볼 수가 없었지만, 벽에는 그림자가 사라졌다가 나타나고 다시 위아래로 꿈틀대고 있었다. 남작이 녹초가 되어 늙은 필립의 가슴에 기대어 있는 모양이었다. 이제 힘겹게 헐떡이는 남작의 숨소리 외에는 아무 소리도 들리지 않았다.

잠시 후 필립의 목소리가 들려 왔다.

"정말 아름다웠습니다. 그렇게 아름다운 것은 여태까지 한 번도 본 적이 없습니다. 그렇게 흥분하지 말 걸 그랬습니다, 남작님. 그럴 일도 아니었는데."

남작이 조용히 말했다.

"필립, 이리 오게. 그만 가세!"

그리고 두 늙은이는 발을 질질 끌며 키르히아이젠 박사에게서 멀어져 갔다. 문의 경첩이 움직이는 소리가 났다. 다시 온실에는 박사 혼자만이 남게 되었다.

박사는 숨어 있던 곳에서 나와 남작이 발로 짓밟던 곳을 찾아가 보았다. 거기에는 큰 나비가 마구 짓밟힌 채 죽어 있었다. 가장자리가 너덜너덜해진 날개가 아직도 미세하게 떨리고 있었다. 날개는 짙은 검정색이었고, 앞날개에는 하얀 띠가 가로지르고 있었다.

'이건……'

갑자기 머리에 떠오르는 게 있었다.

'이것은 파필로 헥토르가 아닐까? 크기는 손바닥만한데 얼추 맞는 것 같아. 하얀 세로줄이 보이는데 여기 뒷날개에는 새빨간 반점 줄이 있겠지.'

과연 그것은 우울한 색조를 지닌 아름다운 열대 나비 파필로 헥토르였다.

'어떻게 이럴 수가! 무서운 틱 팔루가, 귀찮은 땅거머리, 그리고 그것도 모자라 이제 아름다운 파필로 헥토르라니!'

모든 게 실론에서 사는 것들이었다.

'이걸 어떻게 이해해야 되는 걸까? 난데없이 나타난 열대 동물들의 출생지가 모두 일치하는 것을 그저 우연이라고만 생각할 수 있을까? 또 이 아름다운 열대 나비를 보고 남작은 왜 화를 냈던 것일까. 그리고 이렇게 마구 짓밟아 버리다니! 꽃이 한창 아름답게 피어 있는 덩굴식물들을 없앨 때처럼 그렇게 화를 냈지.'

문득 아침에 남작이 놀라서 외치던 말이 생각났다.

'이런, 실론에도 체체파리가 있나?'

이제 의심할 여지가 없었다. 온실에서 남작에게 겁을 주고 말썽을 부렸던 것은 모두 실론의 동물들이었다. 이건 무엇을 뜻하는 걸까?

하지만 박사는 이 질문에 아무런 답도 찾지 못했다.

온실을 나와서도 남작의 이상한 말 때문에 마음이 편치 않았다.

'노인이 말했지. '그나저나 박사가 혈청을 주려고 하질 않으니 어떻게 하지. 하긴 그는 양심에 가책 받을 일을 하고 있는지도 모르지'라고. 그리고 그레틀이 무서운 위험에 처한 것 같았고. '순진무구한 아이까지 불행에 끌어들였어! 오 불쌍한 것…….'이라고 했으니까. 안 돼!'

키르히아이젠 박사는 마음을 정했다. 양심에 가책을 받을 만한 일은 만들고 싶지 않았다. 그러려면 혈청을 거부해서는 안 되었다. 어쩌면 남작에게는 혈청이 그만큼 중요할 거라고 생각했다.

'어쩌면 그 대가로 그레틀과의 결혼을 허락받을 수 있을지도 몰라! 혈청을 사용하는 것은 분명 불법이야! 하지만 울람 싱은 절망적인 상태이고 더구나 그레틀도 알 수 없는 위험에 처해 있으니……. 그렇다면 내가 하는 일은 정당화되고도 남아.'

키르히아이젠 박사는 깊은 생각에 잠겨 정원을 지나 자기
방으로 갔다.

한밤의 유령

　'그런데 난데없이 울람 싱이 누워 있던 방에 나타나 그레틀을 놀라게 한 낯선 여자는 누구였을까? 열 때문에 헛것을 본 것일까? 흥분해서 환각 작용이 일어난 것일까? 그녀의 신경이 곤두서서 허깨비를 본 건 아닐까? 그럴 리가 없어! 그건 살과 피로 된 존재임이 틀림없어. 그렇지 않다면 남작이 내게 그 수수께끼에 대해 더 많이 알고 있다는 듯한 태도로 진지하게 그걸 강조했을 까닭이 없어. '그레틀이 방에서 낯선 여자를 본 건 사실이오. 그래요! 그레틀은 낯선 여자를 보고 놀란 거요.'라고 하면서……. 침침한 방에서 그레틀에게 나타난 이 비밀스러운 존재는 대체 누구일까? 어디서 왔다가 어디로 그렇게 재빨리 사라진 것일까? 벽에 비밀의 문이라도 있는 것일까?'

　수수께끼 투성이인 집에 골치 아픈 일이 또 생기는 바람에 박사는 밤새도록 잠을 이룰 수가 없었다.

사건은 다음과 같았다.

밤 11시 30분 경에 박사는 책을 뒤적이다가 잠을 청하려고 내려놓았다. 그리고 잠자리에 들기 전에 하루의 마지막 일을 끝내기 위해 주사기와 작은 체온계를 집어 들고 환자를 보러 갔다.

하지만 병실 가까이 이르러 복도에서 멈춰 섰다. 병실에서 희미한 빛이 새어 나왔던 것이다. 초가 펄럭이며 타고 있는 것 같았다. 그뿐만이 아니라 무슨 소리, 사람의 목소리도 들렸다.

'이렇게 늦은 시간에 남작이 울람 싱 옆에서 뭘 하려고 하는 거지?'

키르히아이젠 박사는 가까이 다가갔다. 문은 반쯤 열려 있었다.

"아무 소용없습니다, 나리! 다시 침대에 데려가 눕혀야겠습니다."

늙은 필립의 목소리였다. 이어 남작의 목소리가 들렸다.

"필립, 1분이면 돼. 1분만 더 기다리자고. 틀림없이 의식을 되찾을 거야. 울람 싱! 내 말 들려?"

그리고 한동안 모두가 조용했다. 반쯤 열린 병실 문으로 이상한 냄새가 흘러나와 복도를 가득 채웠는데, 키르히아이젠 박사에겐 아주 생소한 냄새였다.

'담배 냄새인가? 남작이 왜 이렇게 역겨운 것을 다시 피우는 걸까?'

박사는 코로 공기를 들이마셨다. 담배 냄새가 아니었다. 비슷하긴 하지만 담뱃잎 냄새는 분명 아니었다. 뜨거운 차 한 잔과 모카 커피 한 잔의 향이 전혀 다른 것처럼…….

"아직 살아 있습니다."

안쪽에서 필립이 확인하는 말소리가 들렸다.

"모든 게 다 잘 되어 갔었는데……."

남작이 한탄하기 시작했다.

"울람 싱은 반드시 깨어날 겁니다. 참고 기다리십시오. 다시 깨어날 겁니다."

"아, 졸려. 자러 갈래요."

갑자기 그레틀의 목소리가 들렸다.

'그레틀도 여기 있네?'

이런 생각에 키르히아이젠 박사는 문을 열어 젖혔다. 그러자 희미한 불빛 아래 이상한 광경이 눈앞에 나타났다.

방바닥 한가운데에는 울람 싱이 앉아 있었다. 키르히아이젠 박사는 그가 의식이 없다는 것을 한눈에 알아볼 수 있었다. 인도인의 눈은 감겨 있었으며, 머리는 오른쪽 어깨 위로 처져 있었다. 그가 앉아 있는 모습은 우스꽝스럽기 짝이 없었다. 검고 수척한 몸은 믿어지지 않을 정도로 부자연스러운 자세를 취하고 있었다. 오른발은 왼쪽 허벅다리 위에 그리고 왼발은 오른쪽 허벅다리 위에 놓여 있는데 거의 허벅지에 닿을 정도였으며, 왼손은 오른쪽 발끝을 잡고 오른손은 몸통에 힘없이 매달려 있었다.

남작은 두려움과 기대에 찬 표정으로 울람 싱을 정면에서 굽어보고 있었으며, 필립은 울람 싱의 뒤에서 무릎을 꿇고 앉아 축축한 천으로 울람 싱의 이마와 관자놀이를 문지르고 있었다.

바닥 위에 이글대는 불기운을 감춘 잿더미에서는 푸르스름한 연기가 가느다랗게 피어 올라 방 안을 가득 채우고 있었다. 키르히아이젠 박사가 복도에서도 맡을 수 있었던 이상한 향기의 진원지가 바로 그것이었다.

탁자 위에는 초 두 자루가 타고 있었다. 그레틀은 눈을 감은 채 등받이의자에 앉아 있었다. 그 때까지도 박사가 온 것을 알아챈 사람은 아무도 없었다.

"무슨 일이 생긴 겁니까? 남작님, 울람 싱에게 무슨 일이 있습니까?"

그제야 남작은 깜짝 놀라며 벌떡 일어났다. 남작은 어리둥절해 하면서 당황한 기색이었는데 헐렁한 옷을 입고 있는 모습이 애처로워 보였다.

남작이 더듬거리며 대답했다.

"울람 싱이 불렀소. 그가 깨어나 침대에서 나왔소. 아무 소리도 못 들으셨소, 박사?"

"아니오. 나는 병실에서 나오는 아주 작은 소리도 놓치지 않습니다. 남작님의 방이 제 방보다 훨씬 멀리 떨어져 있는데 울람 싱이 부르는 소리를 들었다니 이상하군요."

"이제 울람 싱을 다시 침대로 데려가는 것 말고는 우리가 할 일이 없는 것 같소."

남작은 필립을 재촉했다.

"필립, 도와 주게."

두 사람이 울람 싱을 침대로 들어올리는 동안 키르히아이젠 박사가 불타고 있는 잿더미를 가리키며 물었다.

"여기, 이건 뭡니까?"

"대마초입니다. 울람 싱은 이 냄새를 아주 좋아하죠. 환자 옆에 계시겠습니까? 아니, 내가 밤새도록 있으면 어떻겠습니까?"

박사는 잠시 생각하고 말을 이었다.

"남작님! 환자에게 주사부터 놓겠습니다. 그리고 나서 남작님과 단둘이 이야기를 하고 싶습니다. 제 방에서 기다려 주시겠습니까?"

"아, 그렇게 하죠. 박사! 애야, 이리 온. 벌써 졸고 있구나, 그렇지?"

남작과 필립이 방을 떠났다.

그레틀은 아직 몽롱한 얼굴로 의자에서 일어나 초를 들고 아버지를 따라가려 했다. 박사가 그녀의 손을 붙잡고 속삭였다.

"그레틀! 이제 당신 아버지에게 이야기하겠소."

그레틀은 반쯤 감긴 눈으로 투정을 부렸다.

"아이 피곤해!"

"이번에는 아버지가 안 된다고 하시지 않을 거요."

"그만 자러 갈래요."

그레틀이 속삭였다.

"내일 아침식사 때 당신을 볼 수 있을까요?"

그레틀이 잠에 취한 눈을 들어 박사를 바라보았다. 그와 동시에 그녀는 깜짝 놀라 소리를 지르며 초를 떨어뜨렸다.

방 안이 칠흑같이 어두워졌다.

박사가 놀라 물었다.

"그레틀, 대체 무슨 일이오?"

"여자가!"

그레틀은 두 손으로 박사의 팔을 잡았다.

"웬 여자가!"

"어디 말이오, 그레틀?"

"여기 방 안에!"

"그레틀, 여기에는 우리 두 사람뿐이오."

"무서워요. 밖으로 나가고 싶어요."

키르히아이젠 박사는 그녀를 데리고 방에서 나왔다. 그리고 복도의 불을 켰다. 그녀는 무엇엔가 크게 놀란 것이 분명했다. 얼굴이 아주 창백했고 온몸을 떨고 있었다. 키르히아이젠 박사는 그녀의 손을 잡고 맥박을 쟀다.

어느 새 남작과 필립이 달려오고 있었다.

"그레틀, 어디 있니?"

남작이 외쳤다.

"무슨 일이야? 왜 소리를 질렀어?"

키르히아이젠 박사는 어깨를 움찔했다. 그리고 웃으며 말했다.

"그녀의 신경이 심술을 부린 것 같습니다. 이 방에서 이상한 여자를 봤다는군요."

"이상한 여자를 봤다고, 그레틀?"

남작이 물었다.

"예, 이 방 가운데에서요. 초를 손에 들고 나를 노려보고 있었어요. 아빠, 무서워요."

남작과 필립은 말없이 시선을 주고받았다.

"가서 자거라, 아가야! 두려워하지 마라. 그 여자는 다시는 나타나지 않을 거다. 필립이 밤새 네 곁에 있을 거야. 네가 무섭다면 나도 같이 있으마."

"열이 조금 있는 것 같습니다. 아마도 아가씨는 푸르스름한 대마초 연기를 여자로 본 것 같습니다."

그레틀이 자리를 뜨자 박사가 걱정스러운 표정으로 남작에게 물었다.

"혹시 따님에게 환각 증세가 있나요?"

"아니오, 박사. 그것은 대마초 연기도, 그리고 환각도 아닙니다. 내 딸이 이 방에서 낯선 여자를 본 게 맞습니다. 그레틀은 낯선 여자를 보고 놀랐어요."

남작은 진지하게 말하고 병실로 들어갔다. 불을 켜고 주위를 둘러보았다.

"그러면 그렇지. 내가 생각했던 대로야."

남작은 몸을 굽혀 바닥에서 커다란 밤색 수건을 집어 들었다. 그리고 박사에게 도와달라고 청했다.

"이 수건을 원래 있던 곳에 다시 걸어야겠소."

박사는 웃으면서 물었다.

"이 수건이 그 여자였다는 말입니까?"

"그건 아니오. 나는 당신에게 그레틀이 정말로 낯선 여자를 보았다고 했습니다."

남작은 의자 위로 올라가 그 천을 어른 키만한 벽거울에 걸려고 했다. 수건은 벽거울에서 흘러내린 모양이었다.

"남작님!"

박사가 말했다.

"우리가 간단히 나누었던 이야기를 여기서 바로 매듭을 짓겠습니다."

"예, 말해 보시오."

"오늘 오후에 남작님에게 카라진 혈청을 줄 수 없다고 했지요. 그 동안 그 문제를 놓고 곰곰이 생각해 보았습니다. 남작님이 원하신다면 그 약을 사용하겠습니다."

"정말이오?"

남작이 놀란 표정으로 의자에서 얼른 내려왔다.

"지금 바로 말이오?"

"조금만 참으십시오."

박사가 말을 계속했다.

"우선 집에 가서 약제와 물 끓이는 기구를 가져와야 합니다. 아침 7시 30분이면 모든 준비가 끝날 겁니다."

남작은 기쁨에 들뜬 목소리로 외쳤다.

"박사, 어떻게 감사를 해야 할지!"

"얼마나 고마운지 내 재산을 다 바쳐도 아깝지 않겠소."

"제가 드리는 도움이 그렇게 가치가 있다고 생각하신다면 다시 한번 청을 드릴 게 있습니다."

"어서 말해 보시오! 무엇이든지 말씀해 보시오!"

박사가 낮은 목소리로 말했다.

"남작님의 딸을……."

"누구요?"

"남작님의 딸을……!"

"농담하는 거요?"

박사는 더 이상 참을 수가 없었다.

"남작님!"

키르히아이젠 박사는 매우 단호한 어조로 말했다.

"같잖다는 투로 그러시는데 그건 부당합니다. 저는 과학
분야에서 나름대로 명성도 있고 두 개의 학술협회 회원이기
도 합니다. 또한 경제적으로도 구속을 받지 않고 지냅니다.
제가 만들어 낸 카라진 혈청을 보완하게 되면 부자가 될 것
이고 또 세계적으로 유명해질 겁니다."

남작이 박사를 유심히 바라보았다.

"당신 말이 맞소, 박사! 부디 용서해 주시오. 내가 눈이
멀었소. 그렇게 분명한 일인데……."

그리곤 이마를 치며 말을 이었다.

"내가 그것을 알아차리지 못하다니!"

"남작님께서 허락한 것으로 생각해도 되겠습니까?"

"내일 다시 청하면 내 딸과의 결혼을 허락받을 것이오."

"감사합니다. 남작님."

"내일 다시 청하면……."

남작은 힘주어 되풀이했다.

"자, 잘 주무시오, 박사. 틀림없이 내일 일찍 모든 준비가 다 되는 거지요? 그럼 오늘밤은 잠을 잘 수 있겠군."

카라진 혈청

"불을 켜시오!"

키르히아이젠 박사가 말했다. 필립은 성냥불을 켜 알코올 버너의 불꽃이 오르게 했다. 그 동안 키르히아이젠 박사는 검은 가죽 가방을 열어 안에 들어 있는 것들을 탁자 위에 쏟아 냈다. 그리고 납작한 함석 통에서 플라스크 하나를 꺼내 조심스럽게 불꽃 위에 올려놓고 가열했다.

"필립!"

남작이 나지막이 말했다.

"그레틀을 부르게! 빨리 이리 데려와."

키르히아이젠 박사는 플라스크 안에 든 황금빛 액체를 주사기 관에 붓고 있었다. 모든 준비가 끝나자 박사는 침대 모서리에 걸터앉았다.

울람 싱의 얼굴은 납빛에 가까운 흙빛이었다. 거무스름한 피부 아래로 갈빗대가 앙상하게 드러났으며 숨을 쉴 때마다 몸이 떨렸다.

키르히아이젠 박사는 잽싸게 울람 싱의 팔에 주사바늘을 끼워 넣고 피스톤을 눌렀다. 그리고 다시 몸을 일으켜 침대 등받이 뒤로 가서 주사기를 내려놓았다. 남작은 기대에 부푼 얼굴로 고개를 앞으로 내밀고 환자를 지켜보았다.

박사가 먼저 입을 열었다.

"자, 이제 조금만 더 참으십시오."

"언제 깨어나겠소?"

남작이 물었다. 그는 흥분한 나머지 목소리가 떨렸다.

"자, 보십시오!"

"아니, 이럴 수가⋯⋯."

남작이 속삭였다.

"결코 기적이 아닙니다. 죽은 페트로넬라 할라쉬의 경우도 이랬습니다. 카라진 혈청을 쓰면 꼭 이런 효과가 나타나지요."

격렬한 충격이 울람 싱의 몸을 훑고 지나갔다. 무릎이 꼿꼿이 섰다가 다시 스르르 내려가더니 이번엔 머리가 들썩거렸다.

그리고 드디어 눈을 떴다. 몸이 떨릴 정도로 무서운 모습이었다. 동공이 개암나무 열매처럼 커져 있었고, 눈동자는 엷은 황갈색을 띤 반지 같았다. 간신히 일어서는 듯하다가

심하게 기침만 하고 다시 털썩 주저앉았다.

"울람 싱!"

남작이 불렀다.

울람 싱은 천천히 머리를 돌리면서 입술을 움직였다. 하지만 아무 소리도 나오지 않았다. 울람 싱은 눈을 감은 채 꼼짝도 하지 않고 잠시 가만히 있었다.

1분이 지났다. 남작은 여전히 허리를 굽혀 울람 싱을 내려다보면서 곁눈으로 살짝 박사를 보았다. 마치 '카라진 혈청이 안 들으면 어떻게 하죠? 제발 도와 주시오, 박사! 제발 말을 좀 해 보시오!' 하고 사정하는 듯한 눈빛이었다.

키르히아이젠 박사는 진정하라는 뜻으로 남작에게 고개를 끄덕여 보였다.

'모든 게 정상입니다. 몇 초만 더 참으십시오. 걱정할 것 없습니다. 카라진 혈청이 작용하고 있으니 안심하십시오.'

두 사람은 아무 말도 하지 않았다. 그들은 서로 말없이 상대방의 뜻을 이해했다. 남작은 가만히 안도의 한숨을 내쉬었다.

키르히아이젠 박사는 시계를 꺼내들고 시간을 쟀다. 언제 들어왔는지 그레틀이 크고 푸른 눈으로 불안하게 환자를 보고 놀라며 박사와 남작을 번갈아 바라보고 있었다.

키르히아이젠 박사는 만족한 웃음을 지으며 시계를 다시

조끼 주머니에 집어넣었다. 울람 싱이 침대에서 몸을 벌떡 일으켜 세웠던 것이다. 남작을 알아보았는지 손짓을 하며 몇 마디 소리를 내질렀지만 그저 알아들을 수 없는 말로 아무렇게나 날카롭게 외치는 소리나 큰 웃음소리처럼 들렸다.

하지만 울람 싱의 목소리보다 남작의 목소리가 더 컸다. 남작은 울람 싱의 어깨를 붙잡고 흔들며 큰 소리로 알아듣기 힘든 말을 해댔다.

하지만 사실 남작은 인도인의 귀에 대고 부탁과 흥분, 절망이 뒤엉킨 몸짓으로 계속 같은 몇 마디의 말을 되풀이한 것뿐이었다. 두 사람은 정신병자처럼 서로 소리를 질러댔으며, 다른 사람에게는 말할 기회를 주지 않았다.

그 때 갑자기 울람 싱이 소리 지르는 것을 멈추더니 입을 벌린 채 남작의 얼굴을 바라보았다. 흙빛 얼굴 위로 묘한 미소가 스쳐갔다. 울람 싱은 진지하게 고개를 두 번 끄덕였다. 마치 남작이 원하는 것이 무엇인지 내내 이해하지 못하다가 마침내 모든 걸 깨달았다는 듯이. 그리고 해골처럼 마르고 섬뜩할 정도로 가는 다리로 비틀거리며 일어서서 가슴 위로 팔짱을 낀 채 머리를 숙여 인사를 했다.

남작은 안도의 한숨을 내쉬며 한 발 뒤로 물러서서 주위를 둘러보았다.

"그레틀, 어디 있니?"

"여기요, 아빠!"

울람 싱은 몽유(夢遊) 상태에 빠졌거나 술에 취했을 때처럼 이리저리 몸을 비틀거렸다. 남작이 이불을 들어 어깨를 덮어 주었다.

"울람 싱에게 시간이 얼마나……, 몇 시간이나 있습니까, 박사?"

남작이 다그쳐 물었다.

"30분. 몇 분 정도는 더 있을지도 모릅니다."

"그럼 빨리 아래로! 필립, 나를 도와 주게. 울람 싱을 데리고 가야 해!"

"어디로요?"

박사가 물었다.

"온실로! 어서 오너라, 그레틀!"

언뜻 뭔가 설명할 수 없는 불안감이 박사를 휘감았다. 그건 울람 싱이나 남작이 걱정스러워서가 아니라 그레틀 때문이었다.

키르히아이젠 박사가 남작에게 물었다.

"남작님, 무얼 어떻게 하시려는 겁니까? 온실에서 무슨 일을 하시려는 겁니까?"

"나중에 이야기합시다. 지금은 안 되지만 나중에 모든 걸 알게 될 거요. 우린 1분도 지체해선 안 돼! 그레틀! 필립!"

"따님을 어디로 데려가시는 거죠? 얘기 좀 해 주십시오."

"나중에 모두 설명해 드리지요. 시간이 흘러가고 있어요."

박사는 불신이 가득한 눈으로 남작을 바라보았다.

문득 어떤 생각이 떠올라 박사의 가슴을 짓누르며 몹시 놀라게 했다.

'남작이 약속한 것을 후회하면 어떻게 하지? 약속은 했지만 그레틀을 몰래 데려가 집 어딘가에 숨기려 하면 어떻게 하지?'

"남작님!"

박사는 너무나 흥분한 나머지 자신을 억누르지 못하고 큰 소리로 남작을 불렀다.

"그레틀은 다시 오는 거죠? 약속해 주십시오."

"그렇소, 박사!"

남작의 목소리는 엄숙한 느낌이 들게 할 정도로 이상하게 들렸다.

"어린 그레틀은 곧 되돌아올 겁니다. 그러니 이제 그만 우리를 가게 해 주시오."

이런 약속에도 불구하고 키르히아이젠 박사는 불안이 가시지 않아 결연한 태도로 말했다.

"남작님! 저도 온실로 가야겠습니다. 저 혼자 있고 싶지는 않습니다."

"좋소. 그럼 따라오시오. 자, 빨리."

"주인님!"

그 순간 창가에 서 있던 필립이 불렀다.

"아씨의 마차가 막……, 마차가 막 정원에 도착했습니다. 곧 도착할 텐데요."

남작은 필립의 말에 당황했다.

"내 약혼녀가? 하필이면 지금! 모두들 내가 하는 일을 방해하기로 작정이라도 했단 말인가?"

남작은 온 힘을 다해 자신을 진정시켰다. 그리고 필립에게 지시했다.

"필립, 울람 싱과 그레틀을 데리고 먼저 가게. 하지만 내약혼녀와 마주치지 않도록 뒷계단으로 가게. 나도 곧 뒤따라가겠네. 그리고 박사께서는 오늘 또 한 번 수고를 해 주셔야겠소. 우리와 같이 가지 마시고, 어떻소? 그렇게 해 주시겠소? 위에 남아서 5분 동안만 내 약혼녀와 같이 있어 주시오. 그녀가 걱정하지 않고 위에서 날 기다리도록 말입니다. 혹시라도 날 만나러 정원으로 내려오려고 하면 못 오게 붙잡아 주시오. 내가 화장실이나 욕실에 있다는 등의 핑계를 대서 말이오. 자, 그럼 여기 계시는 거죠? 이제 당신만 믿겠습니다. 박사, 잠시 후에 봅시다. 그럼 15분 뒤에……."

남작의 목소리에는 뭔가 거부할 수 없는 절실한 것이 있었고 바로 이 굽힐 줄 모르는 확고한 의지 때문에 그의 부탁에는 명령과 같은 힘이 있었다. 키르히아이젠 박사는 주어진 일을 거부하지 않겠다는 듯 말없이 고개를 숙였다.

남작이 방에서 나가자 박사는 천천히 검은 가죽 가방 안에 물건들을 챙겨 넣었다.

'날카로운 칼과 뾰족한 바늘, 그레틀은 이렇게 위험한 물건들을 좋아했어! 아, 그레틀!'

키르히아이젠 박사는 가방을 내려놓고 창가로 갔다. 울람싱과 남작이 온실로 들어가고 있었다. 그레틀은 아직 정원에 있었다. 그녀는 천천히 자갈길 위를 걸어가고 있었다. 아주 기품 있고 우아하게, 그러면서도 몽상적인 어린애처럼 사뿐사뿐 걷는 아름다운 모습이었다. 키르히아이젠 박사는 눈길로 그녀의 날씬한 모습을 어루만졌다.

그녀는 빨리 걷기 시작했다. 아버지가 그녀를 불렀던 것이다. 길은 짧아 그녀가 몇 걸음만 더 옮기면 박사의 시야에서 사라질 것이다.

'제발, 몇 분만이라도, 그 자리에 서 있지!'

하지만 그녀는 이미 온실 문을 들어서고 있었다. 언뜻 그녀의 담청색 옷의 밝은 반점이, 그리고 마지막으로 그녀의 금발머리가 어두운 문틀에서 보이는가 싶더니 그것으로 끝이었다.

키르히아이젠 박사는 창에서 물러섰다. 문득 잠시 전 그를 엄습했던 이상야릇한 두려움이 더 강하고 뚜렷하게 느껴졌다. 불안은 고통스러운 슬픔으로, 걱정은 달갑지 않은 확신으로 변해 있었다. 뭐라고 말로 표현할 수 없는 엄청난 위험이 나타났지만 꼼짝할 수가 없었다.

그리고 문득 어두운 현관에 그녀의 금발머리가 살짝 비쳤다가 사라졌을 때가 이별의 순간, 영원한 이별의 순간이었음을 깨달았다.

'그레틀은 결코 다시 돌아오지 않을 거야.'

박사는 체념하듯 혼자 나지막하게 중얼거렸지만 어떻게 이런 끔찍한 생각이 떠올랐는지는 그 자신도 알 수 없었다.

키르히아이젠 박사는 천천히 방에서 나와 복도를 건넜다. 이제 이미 자신의 일부가 되어 버린 생활, 전과 같이 황량하고 무미건조한 삶이 다시 시작될 것이다. 아니, 이제 유일하게 사랑했던 그녀를 잃고 나면 두 번 다시 여자를 사랑할 수 없을 것이다.

박사는 이런저런 생각을 하다가 자신도 모르게 '이제 끝이야!' 하고 속삭이는 소리에 제정신이 들었다.

남작의 서재 앞이었다.

스스로 생각해 봐도 엉뚱한 생각이었다.

'갑자기 내게 무슨 일이 일어난 거지? 말도 안 돼! 15분

후면 다시 오기로 약속하고 내려갔는데 다시는 못 만날 것처럼 이렇게 슬퍼하다니. 대체 이렇게 황당한 생각은 어디서 온 거지? 누가 내게서 그레틀을 빼앗아갈 수 있단 말인가. 그녀의 사랑을 확인했고 또 그녀의 아버지인 남작의 동의도 얻었어. 뭐가 더 필요하지? 이렇게 환한 대낮에 바보같이 그런 생각에 빠지다니, 별일도 다 있군.'

박사는 문을 열고 안으로 들어갔다. 멜리타 치글러는 남작의 흔들의자에 앉아 몸을 흔들고 있었다. 그녀는 기다림에 지쳐 조급해져 있었다.

"펠릭스!"

박사가 들어서자 그녀가 불렀다.

"아, 박사님이시군요?"

"안녕하세요, 부인."

"안녕하세요, 박사님. 무슨 일이 있으세요? 얼굴이 몹시 창백하신데."

"정말입니까? 창백하다구요?"

"무슨 일이 있나요?"

"아니오. 난 아무렇지도 않은데요."

"그럼 누가? 혹시…… 펠릭스는 어디에 있죠?"

"남작님은 상태가 아주 좋습니다."

박사가 그녀를 안심시켰다.

"지금 화장실에 있으니 몇 분만 기다리면 곧 만나시게 될 겁니다."

"다시 건강해졌군요! 박사님, 모두 당신 덕분이에요!"

멜리타 치글러는 박사의 손을 꼭 쥐었다.

"그럼 펠릭스가 오는 동안 여기에 있겠어요. 몇 주만에 처음으로 오늘은 공연 연습이 없어요. 새 작품을 시작하면서 계속 일이 많았거든요. 박사님은 아마 이런 데 관심이 없으시겠지요."

"천만에 말씀을. 당신과 관련된 것이라면 무엇이든 관심이 많습니다. 더구나 좋은 일을 앞두고 있고……."

"좋은 일이라구요? 그게 뭔지 어서 말씀해 보세요!"

"그러시다면 부인께 모두 말씀드리겠습니다. 몹시 가슴 벅찬 일인데 말을 해야지요. 저를 처음 봤을 때 제가 곧 당신과 친척이 될 거라고는 생각도 못하셨겠죠?"

"뭐라구요? 뭐가 된다구요?"

"당신과 아주 가까운 친척이오. 부인, 저는 어제 약혼을 했습니다."

멜리타 치글러는 일어나서 박사를 바라보았다.

"잠깐만요, 박사님!"

그녀가 말했다.

"도대체 뭐가 뭔지 모르겠어요. 내게는 릴리와 게르티, 두

199

사촌이 있는데 둘 다 결혼했어요. 내 가족 중에 결혼을 안한 사람은 만성 류머티즘에 걸려 있는 레지탄트뿐이고……. 박사님, 설마 레지탄트와 결혼하려는 건 아니겠죠?"

"아주 가까이 있는데도 맞추지 못하시는군요! 남작님의 딸과 약혼을 했습니다."

"남작님의 딸이오? 어떤 딸 말입니까?"

"이 집 딸말고 누구겠습니까. 그레틀하구요."

멜리타 치글러는 어처구니없다는 표정을 지으며 다시 흔들의자에 털썩 앉았다.

"또 박사님께 멋지게 당했군요. 하긴, 그렇게 진지한 얼굴로 농담을 하시니 누가 속아 넘어가지 않겠어요."

키르히아이젠 박사는 어안이 벙벙해 물었다.

"무슨 말씀을……?"

"그 꼬마와 당신이 약혼했다는 이야기 말이에요."

"부인, 저는 농담을 하고 있는 게 아닙니다."

"박사님은 타고난 연극 배우시네요! 어쩌면 눈도 깜박하지 않고 그렇게……. 나는 누군가를 바보로 만들려고 하면 항상 웃음부터 나오는데. 극장 지배인이 새로운 배우를 찾기 위해 금년 내내 지방을 돌아다니시는데 그 분께 박사님 이야기를 해 보겠어요."

키르히아이젠 박사는 영문을 모르겠다는 듯 말했다.

"부인, 무슨 말씀을 하시는 겁니까? 왜 계속 제 말을 의심하려고 하십니까?"

"제가 박사님의 속을 어찌 알겠어요. 그게 박사님의 진심이라면 박사님은 머리가 돈 사람이에요."

박사가 깜짝 놀라 외쳤다.

"돌았다구요?"

"그래요. 완전히 미쳤어요. 유감이지만 그게 박사님의 진심이라면, 다른 표현이 없어요."

"우리는 서로 사랑합니다! 저는 그레틀을 사모하고 그레틀도 제게 사랑을 고백했습니다."

그러자 여배우가 소리쳤다.

"사랑을 고백했다니! 당신, 지금 무슨 말을 하고 있는 거죠! 그 애는 아직 어린아이라구요!"

"제가 그녀에게 마음이 끌린 건 바로 그 때문입니다."

"아니, 얼굴도 변하지 않고 제게 그런 말을 해요? 부끄러운 줄 아세요! 이렇게 당신과 둘만 있으니 겁이 나는군요. 음탕한 사람 같으니!"

"하지만 부인……. "

박사는 뭐라 말하려 했지만 말이 나오지 않았다.

"박사님이 제게 이런 대접을 받는 것도 모두 박사님 탓이에요. 함부로 그런 기지를 발휘하는 게 아니랍니다. 아시겠어요? 아무리 장난이라도 이젠 참기 힘들군요."

그녀는 보란 듯이 소리내어 하품을 했다. 그러다 문 쪽을
보며 외쳤다.

"아, 펠릭스! 당신이군요?"

문이 열렸다. 그러나 문을 열고 들어온 사람은 남작이 아
니고 필립이었다.

필립이 박사의 귀에 대고 말했다.

"나리께서 박사님을 찾으십니다. 어서 내려와 주셔야겠습
니다. 정원사가 죽을 것 같습니다."

박사는 점잖게 말했다.

"부인, 실례하겠습니다. 제 도움이 필요하다고 하는군요."

"그래요. 어서 가 보세요."

멜리타 치글러는 시큰둥하게 박사를 보냈다.

키르히아이젠 박사는 필립을 따라 온실로 들어갔다. 하지
만 얼떨떨했다. 어렵사리 남작의 거부감을 털어 냈는데 예
기치 않은 곳에서 새로운 장애물이 나타났던 것이다.

그러나 이번 어려움도 극복해야 했다.

'후퇴란 있을 수 없어, 말도 안 돼!'

그레틀과 함께 비정상적이고 비밀 투성이인 이 집에서 탈
출해야만 했다. 정말이지, 이 집은 모든 게 엉망이었다.

울람 싱의 방에 들어서니 남작의 옷을 걸친 웬 건장한 사

내가 친근하게 맞아주었다.

"너무 늦으셨소, 박사! 울람 싱은 이미 죽었소. 그래서 시체를 내가라고 시켰소."

"그레틀은 어디 있습니까?"

박사가 물었다.

"내 약혼녀가 어디 있냐구요!"

"당신의 약혼녀요? 안에서 당신을 기다리고 있으니 어서 들어가 보시오."

키르히아이젠 박사는 난초방으로 들어갔다. 그 큰 방은 내부가 완전히 바뀌어 있었다. 뭔가 삭막하고 텅 빈 느낌이었는데 원래 그 방에 있던 것이 없어진 것처럼 허전했다.

'아, 망고나무!'

바로 그것 때문이었다!

'그 망고나무가 어떻게 된 거지?'

큰 청록색의 잎에 황금빛 열매가 달려 있던 아름드리 나무가 없어졌던 것이다. 그 자리에는, 가지에 갓나온 녹색 잎눈 몇 개를 달고 있는 가는 줄기만이 서 있었다.

키르히아이젠 박사는 얼떨결에 어린 나무에 좀더 가까이 가 보았다. 그러나 곧 놀라 당황하며 뒤로 물러섰다.

어린 나무의 껍질에는 하트, G. v. V. 그리고 그 밑에 F. K.가 겨우 알아 볼 수 있는 정도로 조그맣게 새겨져 있었다. 바로 전날 박사가 거대한 망고나무의 껍질에 크게 새겨 놓은 그 표식이!

"망고나무의 기적을 보고 놀라시는군요, 박사!"

남작의 옷을 입은 사내가 피묻은 손수건으로 자신의 목을 톡톡 치며 말했다.

"그래요, 울람 싱의 마지막 실험이 끝난 겁니다."

키르히아이젠 박사는 그레틀이 생각나 그녀의 이름을 부르며 사방을 둘러보며 찾았다. 창문을 통해 들어온 햇빛에 눈이 부셨다. 하지만 그녀는 어디에도 보이지 않았다.

그런데 녹색 정원용 의자에서 이상한 일이 벌어졌다.

가냘프고 애티가 나는 어린 소녀가 몸에 맞지 않는 담청색 옷을 엉성하게 걸치고 있었는데, 그 옷이라는 게 얼마나 큰지 한 발이라도 걸음을 옮기려면 두 손으로 옷자락을 걸어 높이 들어 올려야 했다. 그래도 그녀의 뒤로는 기다란 옷자락이 바닥으로 끌려가고 있었다. 그런데 이 기이한 존재가 엉뚱하게 큰 신발을 스키처럼 끌며 키르히아이젠 박사를 향해 깡충깡충 다가오질 않는가.

"그레틀!"

박사는 여전히 그녀를 애절한 목소리로 찾고 있었다.

그런데 옷에 파묻혀 얼굴만 내민 채 소매에서 손을 빼느라 허우적대던 아이가 말했다.

"여기에요! 나 여기 있어요!"

아이는 간신히 몸을 일으켜 박사가 있는 곳으로 왔다. 그가 전에 보지 못했던 홀쭉하고 창백한 어린아이의 얼굴에 크고 파란 그레틀의 눈이 떠올랐다.

키르히아이젠 박사는 등골이 오싹해져 의자의 팔걸이를 찾아 붙들었다. 난초방이 의자와 탁자, 분재와 원예 도구들과 함께 어지럽게 춤을 추고 있었다.

방 안에 있던 건장한 사내가 말했다.

"그레틀! 아가, 올라가서 얼른 옷을 갈아입고 엄마와 산책을 하거라. 내가 곧 간다고 말씀드려."

그리곤 박사를 향해 다시 말을 이었다.

"박사! 아직도 날 알아보지 못하시겠소?"

키르히아이젠 박사는 무심결에 돌아보았는데 그제야 뒤에 서 있는 남작의 옷을 입은 건장한 남자의 떡 벌어진 어깨 위에 남작의 머리가 붙어 있음을 알아챘다.

선이 날카로운 코, 짙은 눈썹, 숱이 빽빽한 머리…… 그토록 많던 주름은 사라져 버리고 팽팽하게 햇빛에 그을린 얼굴이 박사를 바라보고 있었다.

"앉으시오, 박사!"

남작의 목소리가 키르히아이젠 박사의 귀를 울렸다.

"이제 당신에게 모든 걸 이야기해 줄 때가 되었소. 어제

205

내 나이를 물어보셨죠. 나는 아무 대답도 할 수 없었소. 하지만 박사, 이제 말씀드리겠습니다. 나는 서른여덟 살입니다. 그리고 내 딸 그레틀도 오늘 다시 제 모습을……."

아그라 사원의 식물원

아직도 날 바라보고 계시는군요, 박사. 내 모습이 조금 바뀌었지요? 그래요, 아시다시피 어제는 정말 힘들게 보냈습니다. 앉으시오, 이제 당신께 모든 걸 설명해 드리겠소.

틱 팔루가가 어떻게 내 온실에 들어왔는지, 어젯밤에 내 딸이 본 낯선 여자는 누구였는지, 그리고 내가 어쩌다가 어제처럼 그렇게 끔찍한 상태에 이르게 되었는지 등등······. 이제 모든 것을 아시게 될 겁니다.

하지만 이야기를 훨씬 거슬러 난초를 가지고 했던 무서운 실험을 처음으로 본 그 때부터 이야기를 시작해야겠소.

인도 여행중에 머물렀던 아그라 시에서 작년 겨울에 있었던 일이오. 하지만 날짜는 잘 모르겠소. 인도 사람들이 새벽에 몸을 따뜻하게 하려고 길에서 모닥불을 피웠지만 낮에는 몹시 더웠다는 건 기억납니다.

아침에는 춥고 낮에는 덥고……. 그러니까 1월 초쯤 되겠군요. 아그라를 떠나기 전날이었소. 나는 힌두교 승려들이 파르바티 여신을 기리는 성대한 의식을 보려고 하루 더 아그라에 머물렀죠. 파르바티는 비슈누의 부인으로 물고기 눈을 가진 여신이오. 해밀턴 호텔에서 이 신기한 종교 의식에 대해 이야기하는 걸 많이 들었지요. 하지만 그 행사는 결국 거행되지 못했소. 두 명의 회교 광신도들 때문에……. 그 이야기는 나중에 하죠.

같이 드라이브를 하기로 한 영국계 인도인 친구인 엘리엇 대령과 레지널드 포셋 박사를 데리러 아침 일곱 시경에 해밀턴 호텔을 나섰습니다. 포셋 박사는 죽은 내 영국인 아내의 사촌이죠. 나는 걸어서 갔습니다.

마치 어제 그 곳을 떠난 듯 풍경이 아직도 눈에 선하군요. 처음에는 야자수 길이 길게 이어졌습니다. 한 무리의 암소들과 마주쳤고, 축제 옷을 입은 힌두교 여인 두 명이 지나갔소. 가로수 길이 끝나는 곳에 이르러 구리로 된 비슈누 사원의 둥근 지붕이 나타났고 사원 건물의 전면에 서식하고 있는 신성한 앵무새들의 울음소리가 들렸소. 야자수 길은 그 곳에서 끝났고, 계속해서 쪽나무와 목화 그리고 사탕수수가 심어진 밭들 사이로 난 길을 가다 보니 비슈누 사원에 속하는 어느 식물원에 이르게 되었소.

그 식물원 입구에 울람 싱이 서 있었소. 당시 울람 싱은 신성한 식물원에서 일하는 종이었습니다. 그건 문신으로 알 수 있었는데 발가벗은 울람 싱의 상체에 죽음의 신인 시바를 공경하는 문신이 그려져 있었소.

나는 그 길을 자주 지나다녔는데 그 때마다 울타리 너머로 울람 싱이 꽃에 물을 주고 있는 걸 볼 수 있었습니다. 그런데 그 날 울람 싱은 여느 때와 달리 몹시 흥분한 모습이었습니다.

내게 다가와 말을 걸더군요. 인도 방언으로요. 말을 못 알아듣자 서툰 영어로 거듭 자신의 부탁을 되풀이하더군요. 식물원에 들어가 꽃을 볼 마음이 없었는데도 말이죠.

나는 광적으로 꽃을 좋아하죠. 어제 당신이 그렇게 안타까워하는데도 온실의 꽃들을 뿌리채 뽑아 없애는 걸 보셨으니 나를 몰상식한 야만인으로 여기신다는 건 압니다. 하기야 지난 이틀 사이에 열대 식물에 대한 내 열정이 많이 식었죠. 하지만, 박사, 거기엔 그럴 만한 이유가 있소.

그 때 아그라에서 울람 싱이 식물원으로 들어오라고 할 때는 반가워 어쩔 줄 모를 지경이었소. 오래 전부터 사원의 식물원을 구경하고 싶었는데 마침 잘 됐다 싶어 정원사를 따라 들어갔죠.

식물원 한가운데에는 코끼리 머리에 수많은 팔이 달린,

귀신 모양의 거대한 가네샤 석상이 있었습니다. 그리고 그 신상의 주위로 화단이 조성되어 패랭이꽃, 히야신스, 하얀색과 파란색의 실고사리가 자라고 있었죠. 진홍색 꽃을 피운 탈리폿 야자수 몇 그루가 서 있고, 그걸 사이에 두고 조그마한 연못이 하나 있었는데 수면이 온통 담청색 일본산 연꽃들로 뒤덮여 있었습니다.

울람 싱은 화단에 절을 한 번 하고는 내게 패랭이꽃 한 송이를 건네주었습니다.

하얀 꽃이 활짝 피어 있었고 무엇보다 그 무늬가 신기했소. 새빨간 꽃잎에 비슈누 신의 상징인 세 갈래로 갈라진 포크 무늬가 있는 것이었소.

그야말로 수십 년 간의 품종 개량과 교배를 통해 만들어진 예술품이랄 수밖에……. 내가 한 번도 본 적이 없는 종류였소. 울람 싱이 내 마음을 알아채고 값을 불렀습니다.

"43루피!"

아무리 진기한 식물이라고 해도 43루피는 너무 비싸다는 생각이 들었소. 그래서 그냥 돌아서려고 하자 울람 싱은 당황한 얼굴을 보이며 내게 손짓으로 기다려 달라고 말하고는 신상 뒤로 사라졌습니다. 그리고 곧 다시 나타나 내게 조그만 재스민이 심겨져 있는 화분을 보여 주었는데, 거기에는 빨간색과 하얀색의 두 가지 꽃이 피어 있었습니다

값이 얼마냐고 물었더니 또 43루피라는 거예요. 이 인도인이 왜 그토록 43이라는 숫자를 고집하는지 이상하다는 생각이 들더군요. 나는 이런저런 생각을 해 봤습니다. 울람 싱은 거래가 끝난 줄 알고, 내게 해밀턴 호텔로 화분을 가져다주기를 바라는지 물었습니다.

바로 그 때 가네샤 상의 그늘에서 나무 막대기를 타고 올라가는 난초 한 그루가 눈에 띄었소. 내가 모르는 것이었지만 문득 꽃이 핀 모양을 보고 싶었소. 그래서 울람 싱에게 같은 종류로 꽃이 핀 것이 있느냐고 물었더니, 없다는 것이었소.

"유감이군! 그걸 사고 싶은데"

아쉬운 마음으로 내가 말했죠. 울람 싱이 잠시 궁리를 하더니 묻더군요.

"사힙(Sahib : 식민지 시대에 인도인이 영국을 비롯하여 유럽인에게 쓴 존칭)께서는 이 길로 다시 오실 겁니까?"

"그럴 생각이네."

"한 시간 뒤에요?"

"그래. 그쯤 돼서……."

"그렇다면 사힙께서 원하시는 꽃을 갖게 될 겁니다."

인도인 정원사는 나를 식물원 문까지 바래다주었습니다. 그리고 거기서 허리를 깊이 숙여 인사를 했습니다.

친구들은 그 때까지도 다른 날과 마찬가지로 물고기, 카레 요리, 야생 동물의 고기로 된 단조로운 인도식 아침을 먹고 있었소. 우리는 잠시 드라이브를 하다가 사원으로 갔는데, 회당에는 이미 이번 행사에 쓰일 화려한 볼거리가 전시되고 있었습니다.

은기둥 위에 세워진 닫집, 사파이어로 장식된 가마, 사제의 현란한 의상들, 무거운 나뭇가지 모양의 금촛대는 신성한 사원 코끼리의 어금니에 고정시키는 중이었구요. 나는 오전 11시쯤 되어서야 꽃을 주문한 일이 생각났습니다. 우리 셋은 함께 울람 싱의 정원까지 걸어갔습니다. 우리 차는 천천히 뒤따라오게 하고.

울람 싱은 식물원 문 앞에 팔짱을 끼고 고개를 숙인 채 꼼짝도 않고 날 기다리고 있었습니다. 그리고 내가 오는 걸 보더니 허리를 굽혀 절을 하고는 정중하게 정원 안으로 들어오라고 손짓을 했습니다.

우리는 안으로 들어갔습니다. 공기는 수백 가지의 꽃향기로 뒤섞여 있었습니다. 하지만 예민한 내 코는 곧 한 번도 맡아본 적이 없는 향기를 감지해 냈습니다.

나는 공기를 들이마시며 물었습니다.

"레지널드! 엘리엇 대령! 무슨 냄새가 나지 않소?"

레지널드가 "대마초 냄새요!" 하고 말했습니다.

'대마초를 태운 냄새!'

가네샤 상 앞에는 아직도 숯불이 이글거리고 있었습니다. 나는 이렇게 더운 날 식물원에서 왜 불을 피웠는지 그 까닭이 몹시 궁금했습니다. 아침에는 분명 불을 피우지 않았는데. 그 순간 전에 없었던 꽃이 또 눈에 띄었습니다.

거의 어른 키와 맞먹는 크기의 아름다운 난초 한 그루가 커다란 주황색 꽃을 자랑하며 나무 막대기를 휘감고 있었습니다. 박사, 당신도 아는 종류일 겁니다. 꽃이 죽은 말대가리처럼 생겼지요. 그런데 이상하게도 꽃이 한창인 이 아름다운 식물이 바로 내가 아침에 사지 않겠다고 했던 꽃이 있던 바로 그 자리에 있는 게 아닙니까.

잘못 본 게 아닙니다. 맹세라도 할 수 있어요. 나로선 어안이 벙벙할 수밖에요. 같이 온 두 사람에게도 내 얼굴이 이상하게 보인 모양이죠.

대령이 물었습니다.

"남작? 대체 무슨 일이오?"

나는 그 꽃을 가리키며 말했습니다.

"저 난초 좀 봐요!"

"아! 그거 말이오. 우리가 사려는 게 바로 저 꽃이군요."

"글쎄, 오늘 아침만 해도 저게 저 자리에 없었는데."

"말도 안 되는 소리."

대령이 말했습니다.

레지널드는 여전히 코로 냄새를 맡으며 말하더군요.

"그러니까 우리가 없었던 세 시간 동안에 저 난초가 꽃을 피우고 막대기를 타고 올라갔단 말입니까? 그건 있을 수 없는 일이오. 그건 말이 안 돼요."

레지널드는 내게 아무 대답도 않고 그 곳 사투리로 울람 싱과 간단히 말을 주고받았습니다.

그리고는 나를 보며 말했습니다.

"이 친구는 그 난초가 처음부터 거기 있었다고 합니다. 당신이 아까 자세히 보지 않았다고 하는군요. 당신 눈이 어둡다구요."

"천만에요. 나는 눈이 좋아요. 레지널드, 내 말을 믿어요. 그 식물은 오늘 아침에 거기 없었소."

그러자 레지널드가 울람 싱에게 다시 뭐라고 하더군요. 그리고는 내게 말했어요.

"그 난초는 아침에 가네샤 상의 그늘에 서 있었기 때문에 색이 제대로 나오지 않았다는군요. 그래서 나중에 다시 오시라고 했다고……."

하지만 나는 그 말에 만족할 수가 없었지요. 엘리엇 대령은 결국 참지 못하고 인도인에게 물었습니다.

"글쎄, 난초 값으로 얼마를 달라는 거야?"

울람 싱은 쑥스러워 하며 작은 목소리로 말했습니다.

"43루피!"

"43루피라고? 야, 검둥이, 너 미쳤니?"

엘리엇 대령은 화가 나면 런던 출신이 아닌 사람은 누구를 막론하고 검둥이라고 하는 버릇이 있었지요.

울람 싱은 아무 대답도 하지 않고 작은 재스민을 난초 옆에 놓더니 비슈누 신의 상징인 패랭이꽃을 올려놓았습니다. 그리고는 손가락으로 모두 합쳐 43루피라는 뜻으로 두 꽃 위에 원을 그렸습니다.

대령은 간단명료하게, 결코 사람들이 달라는 대로 다 줘서는 안 된다고, 결정을 짓고는 값을 절반으로 깎으라고 했습니다.

울람 싱은 어느 새 그의 말을 알아듣고 세차게 머리를 흔들었습니다.

나는 레지널드에게 그 돈을 무엇에 쓰려고 하는지 물어보게 했습니다.

그러자 '밤 기차로 봄베이에 가려고 한다'고 하더군요.

대령이 '봄베이에는 무슨 일로 가는가?' 하고 묻자 울람 싱은 어깨를 움찔하고는 머리를 떨군 채 아무 대답도 하지 않았습니다.

"30루피. 마지막 제안이야!"

엘리엇이 외쳤습니다.

그는 내가 늘 사기만 당하는 타지인이고 반면에, 자신은 사람을 잘 다룬다는 것을 부각시켜 자존심을 세우려는 것이었죠. 나는 그의 간섭이 싫었지만 그렇게 막무가내로 우기는 데는 어쩔 도리가 없었습니다.

30루피를 내겠다고 하자 울람 싱은 곤란하다는 듯 고개를 저으며 뭔가 내게 보여줄 게 또 있는지 찾으려는 듯 식물원을 둘러보았습니다.

"갑시다. 남작! 난 동양인을 잘 압니다. 저 친구, 분명 20분 안에 우릴 따라올 겁니다."

엘리엇이 재촉하며 나를 출구로 끌고 갔습니다.

그렇게 우리는 식물원을 떠났습니다. 거래가 성사되지는 않았지만 울람 싱은 우리를 맞아주던 때처럼 공손한 태도로 길까지 바래다 주었습니다. 차가 굴러가는 순간까지도 그의 간절한 눈길은 날 떠나지 않았습니다.

나는 기분이 언짢고 찜찜했어요. 남이야 어떻게 생각하든지 아랑곳하지 않고 자신의 인도식 거래 방식만을 앞세운 엘리엇의 태도에 짜증이 났습니다. 호텔에 가까이 이르자 내가 말했습니다.

"대령, 그 자가 따라오지 않았소. 나는 그 난초를 사야겠소. 돌아갑시다."

엘리엇도 이젠 그러자고 하더군요. 우리는 방향을 바꿔 차를 몰았습니다. 그리고 15분이 지나 울람 싱이 있던 곳에 도착했습니다. 소리쳐 그를 불렀지만 아무 대답이 없었습니다. 울람 싱은 나타나지 않았습니다.

우리는 안으로 들어갔습니다. 엘리엇이 앞장을 서서…… 식물원에는 아무도 없었습니다. 한낮의 더위 때문에 우리의 얼굴은 온통 땀으로 뒤범벅이었죠. 다시, 이번에는 더 강하게 톡 쏘는, 대마초 냄새가 났습니다.

아까 엘리엇이 나보다 몇 걸음 앞서 갔다고 했죠? 그런데 그가 갑자기 걸음을 멈추고 움직이지 않았습니다. 그리고는 말하는 것이었습니다.

"우리가 잘못 왔소. 여기는 우리가 찾는 곳이 아니오."

"아니, 그럴 리가요! 저기에 가네샤 상이 있고, 여기 푸른 연꽃이 핀 연못이 있는데. 또 이렇게 흰색과 붉은색 꽃이 달린 재스민도 있잖소! 그런데 난초는 어디에 있지?"

그러면서 우리 세 사람은 서로 얼굴을 마주보았어요. 30분 전까지만 해도 어른 키 높이의 난초가 주황색 꽃을 뿜내고 있었는데 그 자리에는 다시 내가 아침에 봤던 아주 작고 가냘프게 생긴 식물 한 그루가 서 있었소.

먼저 레지널드가 침묵을 깼습니다.

"여러분, 축하합니다. 여러분은 우연히 힌두교 수행자만

이 행하는 실험을 목격하신 겁니다. 특히 인도를 떠나시는 남작님에겐 내내 잊지 못할 추억이 될 겁니다. 인도를 여행하는 사람이라고 다 이렇게 재미있는 추억을 고향에 가져가는 행운을 누리는 건 아닙니다."

레지널드는 그 말이 예언처럼 들어맞으리라고는 생각하지 않았을 것이오. 박사, 당신의 도움이 없었더라면 울람 싱의 실험은 정말 잊을 수 없는……. 그러나 끔찍한 추억이 되었을 것이오. 우린 레지널드가 한 말을 제대로 이해하지 못했소. 대령은 반쯤 어리벙벙한 상태에서 믿지 못하겠다는 듯한 웃음을 짓고 있었고 나도 사실 아주 얼떨떨했으니까요.

레지널드는 이야기를 계속했소.

"나는 18년 전부터 인도에서 살아왔습니다. 나는 수행자들이 벌이는 온갖 재주들을 다 보았소. 내 집에는 인도 고행승들과 관련된 이야기를 적어 놓은 자료들이 한 묶음이나 있습니다. 나는 지금까지 이런 실험을 모두 다섯 번 보았소. 한 번은 망고나무를 갖고 했고, 콩덩굴을 가지고 두 번, 그리고 사탕수수를 갖고 한 번, 그리고 오늘 본 난초를 대상으로 한 번……."

내가 물었소.

"대체 어떻게 된 영문이오? 레지널드, 정말로 그렇게 생각하는 거요?"

"생각하고 말고 할 문제가 아닙니다. 추측으로 그러는 게 아니에요. 나로서는 분명한 사실이니까요. 그 정원사는 힌두교 성자임이 틀림없어요. '야마'라는 극기 단계에 들어선 것 같은데, 그 단계에 이르면 다른 생물체를 지배할 수 있는 어떤 힘을 얻게 되지요. 이번 실험으로 봐서 그 자가 높은 경지에 이르렀다고 할 수는 없소. 나는 8단의 경지에 이른 성자도 본 적이 있소. '삼매경'이라는 단계죠. 거기에 도달하면 자신의 몸을 마음대로 할 수 있지만 그렇게 되는 경우는 무척 드물고 힘들지요."

박사, 이 말을 듣고 나는 머리가 완전히 뒤죽박죽이 되어 버렸지요. 엘리엇은 내 옆에서 아주 낮은 소리로 '말도 안 되는 소리'라고 하더군요.

레지널드가 내게 묻더군요.

"브레이드라는 유명한 생리학자가 '요기 하리다'를 관찰한 기록을 읽은 적이 있습니까? 특히 무명지가 잘린 힌두 여자에 관한 이야기 말입니다."

"이봐요, 레지널드, 설명이 필요해요! 생물학적으로 납득할 수 있는 설명이!"

내가 외쳤지요.

"힌두교의 도인들은 다른 생명체를 특별히 빨리 성장하게 하고 다시 원래 상태로 돌아오게 할 수도 있습니다. 모르긴 해도 아마 물체에 빛을 쪼이거나 물질이 아닌 비료를 가지고……. 하지만 이 도인들이 거의 대마초 연기를 통해 무아경에 빠져든다는 것은 확실해요. 이렇게 해서 신에 가까워진다고 하죠. 나는 처음부터 대마초 냄새라고 느꼈어요. 이번 사건의 기록을 작성하려는데 날 좀 도와 주시겠습니까? 기록으로 남기려구요."

나는 이렇게 울람 싱의 실험을 보게 되었소. 우리는 그를 30분이나 찾아 헤맸지만 헛수고였소. 울람 싱이 나타나지 않아 우리는 정원을 떠났지요.

그 날 저녁 나는 해밀턴 호텔의 공동 식탁에 앉아 있었소. 식사가 끝나자 하인들은 과일을 치우고 우리가 손을 씻을 물이 들어 있는 불룩한 청동제 유리병을 가져왔소. 막 일어나 방으로 가려는데 그 늦은 시간에 식당으로 한 사람이 들어왔소. 오드콜로뉴 향수 회사의 쾨니히 박사였소.

매우 흥분한 얼굴로 식탁으로 왔는데, 누구든 그 때 그를 보았다면 특별한 이야깃거리가 있어서 그걸 털어놓고 싶어 어쩔 줄 몰라 한다는 걸 알 수 있었을 거요.

"축제 행렬이고 뭐고 끝이오, 남작! 쓸데없이 오래 기다리기만 하고."

"뭐라구요? 무슨 일이 있었소?"

우리는 그에게 다그쳐 물었지요.

"힌두교도와 이슬람교도 사이에 큰 싸움이 벌어졌소. 총까지 쏘고."

"그게 정말이오? 여기서는 아무 소리도 못 들었는데? 총을 쏘았다구요? 거기 있었소? 그 이유가 뭐죠?"

질문이 마구 쏟아졌지요. 하지만 그건 쾨니히 박사도 몰랐소. 쾨니히 박사는 원주민들의 말을 전혀 몰랐고 무슨 일이 일어났는지 영어로 설명해 줄 시간이나 성의가 있는 사람도 만나지 못했죠.

마침 식당으로 들어오던 호텔 지배인은 그 사건에 대해 더 많은 걸 알고 있었소. 그는 우리에게 토마토가 다 떨어졌다던가 송아지 갈비가 남아 있지 않다고 유감스러움을 표할 때와 같은 말투로 이야기를 했죠.

"도시의 동부에서 격렬한 소요가 있었습니다. 아마 축제 행진이 취소될 겁니다."

"무엇 때문에 소요가 일어난 겁니까?"

내가 물었지요.

"심각한 신성모독 때문이에요. 당신도 알다시피 내일 거리 행진 때 파르바티 여신을 기리는 기도문이 적혀 있는 성서를 들고 가며 신자들에게 보여줄 예정이었지요. 힌두교도들은 이 성서를 '가운트'라고 부르는데 천 년 이상 된 대형 2절판 책이죠. 그런데 이것을 보여줄 수 없게 되었어요."

"책을 도둑 맞았소?"

"더 심각한 일이 벌어졌어요. 책이 훼손되었을 뿐 아니라 암소나 양 같은 동물의 피로 더럽혀졌어요. 힌두교인의 관점에서 보면 이 보다 더 심한 신성모독은 없을 겁니다."

"누가 그런 짓을 했죠?"

"두 명의 이슬람 광신자요, 아프가니스탄 사람들이죠. 이름까지 밝혀졌습니다. 뭐라고 했는지 자세히는 모르지만 그들은 몇 주 전부터 그렇게 하겠다고 떠벌리고 다녔답니다."

"체포되었습니까?"

"그러면 다행이게요. 이미 같은 이슬람교도들의 보호를 받고 있어요. 그 대신에 애꿎은 파르바티 성전의 종들이 폭도들의 복수심에 희생되었죠. 그 중 두 사람이 성난 군중들에게 잡혔는데 한 사람은 죽고, 다른 한 사람은 지금 병원에 누워 있어요."

"나머지는……?"

"도망중입니다. 그들은 달아날 시간이 충분히 있었어요. 소문에 의하면 성전의 종들은 이미 몇 달 전에 그런 일이 생긴 걸 발견했답니다. 하지만 처벌이 두려워 사실을 숨기고 어떻게든 파국을 피해 보려 한 거지요. 그러다가 마침내 오늘 행렬을 앞두고 일이 드러난 겁니다. 저 소음이 들리죠? 또 누군가를 뒤쫓는 모양입니다."

그제야 나는 왜 울람 싱이 그토록 애절하게 43루피를 받아 내려 했는지 깨달았습니다. 봄베이로 가는 데 쓰려고 했던 것입니다. 힌두교도들의 처벌을 피하기 위해 아그라 사원을 떠나 대항구 도시에 몸을 숨기려 했던 것이죠.

나는 인도인에게 43루피를 주어 도와 주려 할 때 이를 저지한 엘리엇 대령이 무척이나 원망스러웠습니다. 만일 그 불쌍한 인도인이 죽거나 중상을 입고 병원에 누워 있거나, 아니면 거리에서 흥분한 군중들에게 쫓기고 있다면 그건 내 탓이 되니까요. 심한 자책감이 찾아왔습니다. 한 사람의 목숨을 구할 수 있었는데! 그리고 차가 움직일 때 울람 싱이 내게 도움을 청하던 눈빛이 생각났습니다.

나는 식당을 나왔습니다. 홀에 있던 호텔 지배인이 내게 볼일이 있는지 나를 향해 오더군요.

"남작님! 최근에 이 곳 사람을 하인으로 데려가고 싶다고 말씀하신 적이 있었죠? 아주 영리하고 믿을 만한 사람이 있습니다. 이봐, 이리 나와! 나리께 인사하게!"

그런데 웬걸, 어두운 구석에서 울람 싱이 나타나는 게 아닙니까! 나 때문에 죽었다고 자책을 하고 있었는데 말이오.

"한 말씀만 더 하지요, 남작님. 이 사람을 고용하시면 좋은 일을 하시는 게 됩니다. 이 젊은이는 아그라를 떠나야 합니다. 불쌍한 파르바티 사원의 종으로 요즘 아주 곤란한 처지에 있답니다. 사정이 이러니 아무도 울람 싱을 보호해 주려 하지 않아요."

울람 싱은 나에게 깊이 허리를 굽혀 절을 했습니다. 그리고는 자신의 노란 외투 속에서 작은 화분을 꺼내 내 앞의 바닥에 내려놓았어요. 바로 내가 사려고 했던 두 가지 색상을 지닌 재스민을 말입니다. 마치 두들겨 맞는 개가 주인의 기분을 좋게 해 주려고 뼈다귀나 나무토막을 물고 오듯이 내게 재스민을 가져와 선물을 하려는 것이었죠.

나는 빈의 온실을 울람 싱에게 맡기면 매우 좋을 거라는 생각이 들었습니다.

그래서 그에게 물었죠.

"정원사로 일했지?"

"이봐, 나리께서 자네를 유럽으로 데리고 가시려는 것이니 어서 대답해!"

그리고 나서 호텔 지배인이 내게 이렇게 말하더군요.

"정원일은 뭐든지 다 합니다. 화단을 만들고 나무를 접붙이고 가지치는 일 등등······."

"또 뭘 할 줄 알지? 그게 전부인가?"

"그는 이제 무슨 일이든, 아무리 천한 일이라도 할 마음의 준비가 되어 있습니다. 자기 신분을 상실했거든요."

지배인이 대신 설명해 주었습니다.

내가 다시 울람 싱에게 말했어요.

"이 재스민이 15분 안에 꽃피는 걸 보고 싶다."

하지만 그는 고개를 심하게 흔들고 두 손으로 막는 시늉을 하는 겁니다.

"아, 혹시 인도 고행자들이 하는 기묘한 재주를 생각하시는 겁니까, 남작님?"

지배인이 웃으며 말하더군요.

"하지만 늘 있는 일이 아닙니다. 인도를 구경하러 오신 분들은 인도에서 만난 인도 사람들은 누구나 그런 솜씨가 있다고 말씀들을 하십니다. 글쎄요, 남작님. 전 열여섯 살 적부터 인도에서 살고 있지만 그런 묘기는 여태까지 한 번밖에 보지 못했습니다. 바트라는 길거리 가수가 자이푸르에서 보여 주었죠. 이 친구에게 그런 것을 기대하시면 안 됩니다. 하지만 울람 싱은 자기 일을 잘 할 줄 아는 유능한 정원사입니다. 그것만은 보증할 수 있습니다."

울람 싱은 고개를 떨군 채 아무 말도 하지 않고 내 결정을 기다렸습니다. 이렇게 자신의 능력을 숨기는 걸 보니 마음이 끌리더군요. 자신의 능력을 군중의 호기심에 함부로 내맡기지 않는 진짜 예술가의 섬세한 마음이 느껴지는 것 같았으니까요.

"좋아, 여기 머물게. 우린 내일 출발할 예정이니까 여행

225

준비를 해 두게."

울람 싱은 이미 준비가 되어 있었습니다. 그가 있던 구석에서 꾸러미 하나를 가져왔는데, 거기에는 구장(蒟醬)잎과 호두, 그리고 팔찌 몇 개와 붉은 열매를 꿰어 만든 염주가 들어 있었습니다. 그리고 잘게 으깬 대마초도 조금…….

연화좌(連花坐)

유럽으로 돌아오면서 울람 싱을 관찰했지만, 행동에서 별
나거나 이상한 점은 발견하지 못했소. 다른 현지인들과 다
른 게 전혀 없었어요. 그럭저럭 만족할 만큼 내 일을 처리했
고, 일이 없는 시간에는 버터를 바른 구장 잎으로 빈랑(檳
榔) 열매를 싸서 씹어 먹곤 했습니다.

빈에 처음 왔을 때도 다른 하인들과 다를 바가 없었습니
다. 생활 습관이 조금 이채롭긴 했지만 아그라 사원의 식물
원에서 있었던 신기한 사건과 관련시킬 만큼 이상한 행동은
없었으니까요.

그런데 몇 달 뒤에 필립의 새끼여우에게 비극적인 일이
생기게 되었답니다. 그리고 그것을 시작으로 계속 여러 사
건들이 줄을 이어 생기면서 당신에게 도움을 청하게 되었던
거지요, 박사.

필립과 내 인도인 정원사는 사이가 좋지 않았소. 그건 무

엇보다 나이 든 필립의 시기심 때문에 그랬다고 할 수 있지요. 필립은 오래 전부터 우리 집에서 일해 왔어요. 나는 필립을 고인이 된 내 형에게서 넘겨 받았답니다.

또 다채로우면서도 너무 인도적인 울람 싱의 습관을 필립이 보아 넘길 수 없었을 겁니다. 울람 싱은 정원에서 일을 할 때 노래를 불렀는데, 리듬이 매우 독특해서 유럽인들의 귀에는 즐겁지 않았을 겁니다. 또 울람 싱은 고향에서 하던 것처럼 날마다 계단과 베란다에 더러운 암소 똥물을 바르곤 했죠. 그러지 말라고 해도 말을 듣지 않았어요. 이렇게 티격태격할 소지가 많던 차에 어느 날 결국 폭력 사태에까지 이르고 말았지요. 비록 우습기 짝이 없는 것 때문이었지만요.

울람 싱은 미신을 믿었습니다. 누가 정원에 핀 장미를 하나라도 꺾으면 가만 있지 않았어요. 인도의 무슨 신이 장미에 자리잡고 산다고 믿고 있었기 때문이죠. 그 인도의 신은 종일 잠을 잔다고 하지만.

그래서 울람 싱은 장미의 신에게 알려 미리 떠날 시간을 주기 위해 장미에 전정가위를 대기 전에 박수를 세 번 치곤 했습니다. 이 사려 깊은 의식은 한 번도 중단된 적이 없었습니다. 나와 내 손님들은 그걸 보며 재미있어 했지요.

그런데 어느 날 울람 싱이 없는 동안 정원에 신들의 황혼이 찾아오고 말았소. 필립이 세 타 이상 되는 장미를 잘라

냈던 겁니다. 물론 장미의 신들이 미리 옮기도록 배려하지도 않고……. 그 때문에 필립과 울람 싱 사이에 싸움이 벌어져 티격태격하게 되었는데 울람 싱은 힘이 약했어요. 울람 싱은 다리를 절룩이며 자기 나라 말로 무서운 저주를 내뱉었습니다. 그리고 그 날부터 끊임없이 복수의 기회를 노렸던 모양입니다. 그의 복수심은 너무도 강해 그 당시 아그라에서 내가 직접 본 그의 능력, 내게 조심스럽게 감추고 있던 자신의 능력을 이용하기에 이르렀어요.

박사, 한 번 생각해 보시오. 그가 솜씨를 부려 다른 생명체의 성장을 마음대로……. 아 이런! 당신에게 처음부터 이야기를 해드리죠.

몇 주 전에 동물을 좋아하는 내 시종 필립이 나스발트에서 산림조수로 일하는 조카에게서 귀여운 새끼여우를 얻었습니다. 태어난 지 여드레밖에 안 되어 아무것도 몰라 고양이처럼 데리고 놀 수 있는 놈이었죠. 필립은 그걸 키운다고 온갖 정성을 다 쏟았습니다. 놈이 어찌나 귀엽게 굴었는지 몇 시간도 되지 않아 전체 하인들의 사랑을 독차지했고, 다음 날 놈이 있는 헛간 앞에는 구경꾼들로 장사진을 칠 정도였답니다. 새끼여우는 거기 누워 누가 토닥거리고 쓰다듬으면 가만히 있다가 사람들이 가져다 주는 나무 조각과 실뭉치를 굴리며 온종일 놀았습니다.

다음 날 아침 8시쯤에 뜰에서 소란스러운 소리가 들려 창가로 가서 보니 필립이 비명을 지르며 마당을 질러오는 게 보였습니다. 한 손을 흔들어 대다가 창가에 있는 나를 보고 멈춰 서더니 다른 손으로 헛간을 가리키며 뭐라고 소리쳤죠.

　그 때 헛간에서 번쩍하며 뭔가가 튀어나왔습니다. 무언가 크고 긴, 붉은 빛을 가진 것이……. 처음에는 미친개라고 생각했어요. 그 정체불명의 동물은 닭이 있던 곳으로 뛰어들어 사방으로 쫓아다녔어요. 그리고는 마당을 에워싼 벽 사이에서 이리저리 미쳐 날뛰었어요. 필립은 한쪽 구석에 쥐죽은 듯이 박혀 있고……. 여전히 손만 흔들면서 말이에요.

　나는 옆방으로 달려가 벽에서 사냥총을 풀어 장전하고 조준해서 발사했습니다.

　놈은 펄쩍 한 번 뛰더니 풀썩 쓰러졌어요. 그리고 몇 걸음 더 기어가다 쭉 뻗어 버렸죠. 나는 바로 뜰로 내려가 봤소. 몸집이 엄청나게 큰 늙은 여우가 땅 위에 죽어 있었습니다. 내 총알에 놈의 척추가 박살이 났더군요.

　그제야 늙은 필립이 구석에서 나왔는데, 놀라 창백해진 얼굴로 몸을 바들바들 떨고 있었소.

　필립은 내게 하소연하며 자기 팔을 보여 주었습니다.

　"이것은 인도에서 온 악마 울람 싱이 한 짓입니다! 내 귀여운 여우를 훔쳐가고 대신 이 야수를 헛간에 가둔 거예요."

필립은 심한 상처를 입어 피를 흘리고 있었어요. 헛간에 들어가 여우를 쓰다듬으려 하는데 갑자기 야수가 덤벼들어 팔을 물었던 겁니다.

나는 울람 싱을 불러 심하게 야단을 쳤습니다. 하지만 솔직히 말해서 그의 치밀하면서도 기가 막힌 복수극을 보면서 얼마나 재미있었는지 웃음을 참고 엄한 표정을 짓느라 힘이 들었어요.

그리고 울람 싱이 어떤 방법으로 그렇게 빨리 야수를 나타나게 했는지 알고 싶었죠. 하지만 울람 싱에게서는 아무것도 알아 낼 수가 없었어요. 그렇게 야단을 맞으면서도 입을 굳게 다물고 어깨만 실룩댔습니다. 최소한 어린 여우를 어디에 숨겼는지 말해야 되지 않느냐고 추궁했지만 아무런 대답도 하지 않았죠.

나는 책상 서랍에서 말채찍을 꺼내 공중에 두어 번 휘두르고 노기를 보이며 길거리로 쫓아 내겠다고 위협했습니다.

울람 싱은 내가 화난 것을 보고 놀라, 바닥에 엎드려 버렸습니다.

"이런 말썽꾸러기 녀석, 여우를 어디에 숨겼어?"

그러자 울람 싱이 울며 대답했어요.

"나리! 그 맹수가 바로 새끼여우입니다! 하늘에 맹세합니다. 그것은 같은 여우입니다!"

"네 놈이 미쳤구나?"

"새끼여우가 밤새 그렇게 늙어 버린 겁니다! 나리, 정말 그 여우가 맞습니다. 이마에 있는 얼룩을 보십시오."

나는 헛간으로 들어갔습니다. 한쪽 구석에는 아직도 숯이 희미하게 타고 있었고 문득 다시 그 역겨운 대마초 냄새도 났어요. 그리고 그 순간 비상식적이며 말도 안 되는 생각이 머리를 스쳐 지나갔지만 다음 순간에는 그게 이미 엄연한 사실이 되었어요.

나는 몹시 흥분해서 울람 싱에게 캐물었어요.

"울람 싱! 그 때 아그라에서 난초를 가지고 했던 것처럼 여우도 그렇게 했지!"

"네, 나리. 밤에 여우를 늙게 만들었습니다."

"어떻게 하면 그렇게 되는 거지? 어서 대답해. 그렇지 않으면 네 놈의 뼈를 죄다 분질러 버리겠어."

울람 싱이 떨리는 목소리로 대답했습니다.

"연화좌를 하고 호흡을 멈춥니다. 그러면 몸의 정화가 일어납니다. 인도의 현인들은 이걸 파드메사나라고 합니다."

"연화좌가 무엇이지?"

내가 물었지요.

"연꽃의 위력은 지대합니다. 더러운 육체는 정화되어야 하구요."

울람 싱은 신비스럽게 대답했어요.

"네가 한 일을 설명해 보거라."

내가 재촉을 했죠.

"의지는 비료이고 단념은 비이며 몰입은 태양이라고 스승님들이 말씀하셨습니다."

그리고 그 이상은 알아낼 수가 없었어요. 계속 똑같이 판에 박힌 답변만 되풀이했으니까요. 그 대신 울람 싱이 조심스럽게 숨기며 삼가던 태도가 없어진 것 같았어요. 그래요! 과연 그 날부터는 날마다 난초의 기적이 일어났습니다. 회랑에 있던 작은 오렌지나무에 꽃이 피는 것을 보지 못했었는데, 어느 날 아침에 보니 황금빛 열매가 네 개나 달려 있었어요. 또 내가 직접 땅에 심은 콩이 그 다음 날 보니 키가 몇 미터나 되게 자라 있고, 정원 한 구석에 있던 고사리들이 갑자기 헤치고 나갈 수 없을 정도로 우거지고, 갓 태어난 고양이가 저녁에 헛간 주위를 돌며 쥐를 사냥하고……

놀란 눈으로 보고 계시는군요, 박사. 내가 우리의 생물학적 관점들과 모순되는 이 현상들에 대해 마치 아주 당연한 것처럼 얘기하는 것이 이상하죠. 이렇게 이해도, 설명도 할 수 없는 것들이 곧 일상적인 것이 되는 것을 보면 정말 신기하죠. 난생 처음 전화나 비행기를 보며 불가사의한 또는 환상적인 체험을 한 사람은 그 순간에는 놀라서 꼼짝도 하지 못했을 겁니다.

하지만 그건 그 순간일 뿐, 곧 다음 순간부터 이 기적에 익숙해지죠. 그래서 마치 오래 전부터 해왔던 것처럼 이용합니다. 내가 그랬어요. 나는 순간 놀라 어리벙벙했지만, 곧 이 기적은 나의 일상이 되어 나와 아주 친해졌습니다. 마치 내가 울람 싱의 수수께끼로 가득한 지혜와 신비로운 능력을 보며 성장한 것처럼…….

이제 울람 싱이 죽고 나니 지난 날 겪은 체험들이 다시 이해할 수 없어지고 어렴풋해 보이며 처음 나를 사로잡았다가 사라진 놀라운 감정이 다시 되살아납니다. 그리고 나의 기억 속에서 과거의 일들이 현실과는 거리가 먼 무섭고 두려운 환영 같은 것으로나 겨우 존재하게 될 시간이 가까워진 것 같군요.

하지만 나는 울람 싱의 실험을 내 눈으로 똑똑히 보았고, 내 몸으로 직접 체험한 사람이오. 박사, 이야기를 계속하려는데 괜찮겠어요?

며칠 뒤 나는 울람 싱에게 실험할 때 옆에서 지켜보게 해달라고 요구했소. 내 눈앞에서 그의 능력을 보이라고 말이오. 울람 싱에 대한 불신 때문에 그런 요구를 한 건 아니었고 지식욕 때문에 그런 건 더더욱 아니었소. 단지 호기심 때문에 그랬던 것뿐이었고 결국 내 뜻을 관철시켰어요.

울람 싱은 내가 있는 데서 그레틀의 귀여운 강아지인 빌리를 대상으로 실험하기로 했습니다. 울람 싱이 어떻게 여러 가지 실험 준비를 했는지 아직도 똑똑히 기억납니다.

실험은 베란다에서 행해졌습니다. 강아지는 의자 다리에 매어 있었는데, 쉴새없이 종이 뭉치를 가지고 장난을 치고 있었죠.

울람 싱은 먼저 아주 이상한 행동을 했어요. 50cm쯤 되는 아마줄을 꺼내 들더니 그것을 삼켰다가 그 끝을 잡고 천천히, 몇 cm씩 목에서 다시 끄집어 냈어요. '더러운 육신'을 정화한다는 겁니다. 당신은 그게 어떻게 가능한가 하고 믿지 않겠지만 인도의 도인들이 우리가 엄두도 못 낼 근육 운동을 할 수 있다는 것은 이미 증명된 사실이니 더 이상의 설명은 하지 않겠습니다. 그리고선 엄청난 양의 물을 들이켰다가 다시 뱉어 냈습니다. 이것도 육체 내부를 정화하기 위해서지요. 울람 싱의 말로는 그렇게 해야만 자연의 힘을 지배할 수 있게 된다고 합니다.

그런 다음 베란다 바닥의 숯에 불을 붙이고 초록빛이 나는 가루약을 숯불 위에 뿌렸습니다. 그러자 곧 전에 맡았던 대마초 냄새가 코를 찌르며 사방으로 퍼졌습니다. 나는 심한 두통과 함께 숨쉬기도 힘들었어요. 빌리는 여전히 종이 뭉치를 가지고 놀고 있었죠.

그 사이에 울람 싱은 연화좌를 취했습니다. 오른쪽 발을 왼쪽 넓적다리 위에 그리고 왼발을 오른쪽 넓적다리 위에 얹는 앉음새 말입니다. 그리고서 손으로 발끝을 잡고 호흡을 멈췄습니다. 나는 울람 싱의 뒤에 서서 손거울을 이용해 그의 허파가 사실상 활동을 중지했다는 것을 확인했습니다. 또한 심장도 멈춘 듯 보였습니다. 눈알이 밖으로 튀어 나왔고 이마의 혈관이 불끈불끈 튀어나와 격렬하게 꿈틀거리기 시작했어요.

나는 울람 싱을 관찰하느라 정신을 빼앗겨 원래의 실험 대상이었던 강아지 빌리에게는 전혀 신경을 쓰지 못했어요. 그제야 강아지가 떠올라 그 쪽으로 고개를 돌렸어요.

그런데 그레틀의 개가 있던 곳에 웬 늙은 개 한 마리가 누워 있는 게 보였어요. 입에서는 침이 흐르고 있었고 생기 없는 눈은 끔벅끔벅 나를 쳐다보고 있는 거예요.

내가 강아지를 불렀어요.

"빌리! 빌리!"

빌리는 일어나려 애썼지만 다시 힘없이 바닥에 털썩 쓰러졌습니다. 파리 몇 마리가 머리 주변을 돌면서 윙윙거렸지만 너무나 지쳤는지 아니면 게을러서인지 그냥 내버려 두더군요. 들릴락말락하게 신음 소리를 내뱉고 기지개를 한 번 켜고 다시 한번 날 쳐다보더니 잠이 들었어요.

그 때 내가 얼마나 흥분했었는지 말로는 어떻게 표현할수가 없군요. 평생 노년의 무상함을 그렇게 사실적이고 생생한 모습으로 본 적이 없었습니다. 불과 15분 전까지만 해도 신나게 뛰놀던 개가 파리를 쫓아 버릴 힘도 없을 정도로 바닥에 힘없이 엎드려 있는 모습이라니. 그 모습이 얼마나 놀랍고 끔찍한지를 지금 당신께 어떻게도 설명해 드릴 수가 없군요.

　나는 다시 한번 이름을 불렀어요. 그러자 빌리는 다시 내쪽을 바라보고는 구슬프게 킹킹거렸어요.

　"그만! 그만해!"

　내가 울람 싱에게 외쳤습니다.

　울람 싱은 흠칫 놀라 깨더니 깊게 숨을 들이쉬고는 날 바라보았습니다. 그리고는 개를 가리키며 웃었습니다.

　잠시 후 울람 싱은 서서히 몸을 일으켜 베란다를 이리저리 몇 번 왔다갔다하다가 승리자처럼 의기 양양한 눈으로, 칭찬과 인정해 주길 바라는 눈빛으로 개 앞에 서 있었어요. 그리고는 몸을 굽혀 불이 벌겋게 타고 있는 숯을 손에 들고 개에게 가까이 가져갔습니다.

　벌겋게 타는 숯이 점점 머리 가까이 오는데도 개는 꼼짝도 하지 않았어요. 숯불에 털이 타는 냄새가 나자 비로소 코를 조금 킁킁거렸을 뿐, 졸립다는 듯 곧 다시 고개를 옆으로 눕혔습니다. 개는 나이가 먹어 눈이 멀었는데 울람 싱은 바로 그것을 내게 보여 주려 했던 것이죠.

나는 웬만한 일에는 눈도 깜짝 않는 사람이지만 이번 일은 견디기 힘들었어요. 빌리는 죽음의 문턱에 이르렀고 간신히 삶을 이어주고 있는 가는 실이 언제 끊어질지 모를 지경이었어요. 나는 벌떡 일어나 갈피를 잡을 수 없는 말로 두서없이 울람 싱에게 실험을 중지하라고 했습니다.

그런데도 울람 싱은 별스럽게 서두르지 않았어요. 그는 다시 숯불에 가루약을 뿌리고 천천히 형식을 갖추고 앉아 심호흡을 몇 번 한 뒤 마침내 연화좌를 취했어요. 이 모든 걸 전혀 서두를 게 없다는 듯이 그야말로 유유히 그리고 천천히 했답니다.

이번에는 그의 행동은 제쳐놓고 빌리에게만 신경을 집중했습니다. 하지만 몇 분이 지나도록 아무런 변화도 감지할 수 없었죠. 그런데 갑자기 빌리가 머리를 쑥 쳐들고 불안해 하더니 짖어 대는 게 아닙니까. 낑낑대는 게 아니고 으르렁대는 소리로 말이에요. 그 순간 다시 빌리의 눈에서 살아 움직이는 생기를 느꼈어요. 나를 쳐다보았는데 아는 체를 했던 겁니다. 그 때 처음으로 그 허황한 생각이 불쑥 떠오른 거예요.

실험은 성공이었어요. 그 순간 실험을 다시 한번 해야겠다는 생각이 머리를 스쳤어요. 이 모든 걸 꼭 다시 보고 싶었어요. 다른 동물이나 식물에 할 게 아니라 바로 나 자신을 대상으로 해서 말입니다!

그런 생각을 하다니요. 박사, 내가 미쳐도 보통 미친 게 아니었어요. 미지의 것에 대한 열광적 호기심, 자신을 어둠 속으로, 불확실함 속으로 던지고 싶은 충동! 그것은 손잡을 곳이나 발 디딜 곳이라곤 전혀 보이지 않는데도 부득부득 미끄럽고 가파른 바위산을 오르려는 욕망과 같은 것이었습니다.

예기치 않게 닥칠 위험이 얼마나 큰 것인지에 대해선 아무것도 몰랐습니다. 만일 조금이라도 알고 있었다면 그렇게 경박하고 무자비하게 하나뿐인 내 딸아이까지 그 일에 끌어들일 생각은 못했을 거예요.

하지만 결국 그레틀이 완전히 아름답게 성숙한 여자가 된 모습을 단 일 분만이라도 보고 싶어서 그 아이까지 실험에 끌어들였어요. 나는 내 딸이 정말 아름다웠던 죽은 엄마와 닮은 모습일 거라고 상상했지요.

그런데 바로 그 때 갑자기 소음이 귓전을⋯⋯. 개를 묶어 두었던 의자가 쓰러지고 빌리가 베란다를 이리저리 들쑤시고 다니다가 책상에 올라 컹컹 짖어대고 있었어요. 빌리는 예전처럼 다시 활달하고 자유분방하며 생기 발랄한 강아지가 되어 있었던 것이지요. 이와 함께 내 결심도 확고해졌습니다.

그 결과 난 여러 시간 동안 두려움과 절망에 빠져 지내고 울람 싱은 죽음에 이르게 되었지요.

마지막 실험

　남작은 잠시 동안 입을 꼭 다물고 있다가 목에서 손수건을 떼어 내고 핏자국을 들여다보았다. 그러다가 말을 계속했다.

　박사! 내 목의 상처를 좀 봐 주시겠습니까? 계속 피가 나는데요. 며칠 전에 목에 외과 치료를 받은 적이 있다고 당신에게 말했을 텐데요. 그렇지. 바로 어제 붕대 밑에 있는 상처를 찾다가 허탕치셨지요? 자, 여기 있으니 잘 보시오, 박사. 탈지면 반창고를 붙여 주시오. 예, 됐어요. 그럼 내 이야기를 계속하겠습니다.

　내가 지금 이야기하는 것은 영원히 우리 둘 사이의 비밀로 남을 겁니다. 내 하인 필립만 알 뿐, 이 집에는 그 사실에 대해 아는 사람이 아무도 없소. 그리고 내가 어제 급하게 임시로 고용한 사람들은 보수를 주어 내보낼 겁니다. 짐을 싸는 데 30분. 그들이 집을 떠나면 날 볼일이 없지요. 모라비아의 농장에 보낸 옛 하인들에겐 이미 전보를 쳐서 돌아오라고 지시했지요. 하인들은 이 곳을 떠나기 전이나 돌아와서나 똑같은 내 모습을 보게 될 겁니다. 내가 이틀 동안 늙은이였다는 것을 눈치챌 사람은 아무도 없답니다.

불행한 실험은 그저께 오후 4시에 온실에서 행해졌습니다. 울람 싱이 조금은 까탈을 부릴 거라고 생각했는데 내가 노골적으로 그의 실험을 신기하게 여기며 관심을 보이자 그도 역시 내가 요구하는 대로 기꺼이 할 마음이 생긴 것 같았습니다.

울람 싱은 지난번처럼 천천히 그리고 순서에 따라 차근차근 '육체의 내부 정화'를 시작했습니다. 저기 가느다란 나무가 보이지요. 나는 저 망고나무 옆에 서 있었어요. 얼마 전에 실론에서 보내온 것인데 수령은 몇 달밖에 안 됩니다. 울람 싱이 그 날 아침 온실에 심었죠.

울람 싱이 대마초 가루를 숯불에 뿌리고 연화좌를 취하는 동안 나는 망고나무에 달린 란셋 모양의 예쁜 청록빛 잎을 보며 즐기고 있었어요. 그레틀은 내가 무슨 계획을 가지고 있는지도 모르고 천진난만하게 고무줄 놀이를 하고 있었고. 다만 연기를 내며 타고 있는 대마초 때문에 기침을 하고 눈을 비벼 댔어요. 그러는 동안 울람 싱의 이마에서 동맥이 부풀어오르는 게 보였어요. 그리고 몇 분이 지나갔지만 내 몸에선 아무런 변화도 느낄 수 없었어요.

처음으로 조금 이상한 느낌이 든 곳은 잇몸이었습니다. 그걸 통증이라 하기는 그렇고 흔들림이라 하는 게 맞는 표현이겠군요. 그레틀도 비슷한 느낌을 받은 것 같았어요. 그레틀이 뺨을 쓰다듬는 게 보였어요. 하지만 그런 느낌은 곧 사라졌고, 대신에 머리가죽이 조금 따끔거리기 시작했어요. 그리고 이어 그레틀이 발이 아프다고 칭얼댔어요. 바닥에 주저앉아 신발을 벗었는데 신발이 너무 죄었기 때문이었어요. 아울러 앞치마 끈이 끊어지고 단추가 떨어졌으며 옷의 솔기들도 터졌어요. 몸이 어린아이의 옷에 반기를 들기 시작한 겁니다.

그리고 내게도 새로운 변화들이 일어났어요. 뒷머리가 무겁고 허리와 손목 관절이 뻐근하며 또 허전하고 피로한 느낌……. 아무튼 썩 기분 좋은 느낌은 아니었어요. 갑자기 내 몸 전체가 늙어 가는 느낌이 들었으니까요. 나는 형언할 수 없는 두려움에 사로잡혔지만 그걸 억누르고 침착함을 되찾으려고 애를 썼어요. 반 시간이 지나니 모든 게 다시 전과 같아졌어요. 하지만 척추가 몹시 아파 뭔가 기댈 것을 찾아야 했어요. 나는 뒤에 있는 망고나무를 떠올렸어요. 거기에 살짝 등을 대기만 해도 곧 나무가 휘어질 거라고 생각했는

243

데 그렇지 않았어요. 뭔가 몰랐던 것, 넓적하고 단단한 것이 등 뒤에 있어 돌아봤지요.

나의 놀라움을 어떻게 설명하고 내가 이런 놀라운 변화를 겪으며 느낀 기분을 어떻게 표현해야 할지 모르겠군요. 울람 싱의 신비한 능력에 의해 망고나무까지도 성장했는데 내가 늙어 버린 것처럼 나무도 나이가 들어 튼튼하고 옹이투성이인 줄기에 주먹만한 열매를 매달고 있었어요. 그리고 그 주위에 수많은 생물들이 생겨났고 그 위를 덩굴식물들이 겹겹이 덮고 있었어요. 망고나무 가지에는 하늘색, 노란색 그리고 시뻘건 꽃을 피운 담쟁이덩굴이 뒤엉켜 있었고…….

당신이 어제 본 환상적인 인도 식물원이 내 눈앞에 펼쳐졌죠. 내가 전에 알지 못했던 식물들이 순식간에 나타났던 거예요. 박사, 나는 그 식물들의 이름을 당신에게서 처음 들었답니다. 사방으로 꽃바다가 펼쳐져 빽빽하게 밀림을 이루었지요. 나는 사방에서 습격을 받았어요. 식물계의 폭동이라고나 할까!

가느다란 가지 하나가 덤벼들어 손에서 손수건을 낚아채는가 하면, 엄청나게 큰 관엽식물 하나가 꿈틀꿈틀 다가오더니 머리 앞에서 신문지처럼 바스락거리며 잎을 펴 보이기도 하고……. 음흉하고 키가 작은 대나무 한 그루는 내 발을 찌르려 했고 또 파란 메꽃이 갑자기 무릎을 휘감는 통에 허리를 굽혀 풀기도 했어요. 그러다 문득 그레틀에게 눈길이 갔습니다.

그런데 웬걸! 그레틀이 없었어요. 거기엔 내가 모르는 아름다운 여인이 서 있었어요. 박사, 솔직히 말해서 나는 제정신이 아니었어요. 그래서 한순간 '이렇게 아름다운 여인이 내 온실에 무슨 일로 왔을까?' 하고 생각했었죠.

'무슨 용건으로 여기에 왔을까?'

나는 기억을 상실한 느낌이었는데 그것도 짧은 순간에 지나지 않았어요. 그 낯선 여자가 감탄하는 소리를 지르며 어린 소녀처럼 거리낌없이 땅 위에 무릎을 꿇었기 때문입니다. 이렇게 천진한 동작을 보고서야 그녀가 그레틀이란 것을 알았지요.

그레틀은 덩굴식물이 연출한 꽃의 기적을 보고 환호성을 지르며 꽃들을 꺾기도 했고 손가락으로 커다란 고사리를 가리키기도 했어요. 나는 손가락 만한 붉은 개미 두 마리가 나뭇잎에서 움직이는 걸 보며 생각에 잠겨 있었어요. 그러다 문득, '이런 빌어먹을! 열대 지방의 벌레가 어떻게 이 곳에 온 거지?' 하는 의혹이 스쳐갔죠. 하지만 내게는 그걸 생각할 만한 시간이 없었어요. 그 순간에 끔찍한 일이 일어났으니까요.

처음에는 망고나무에서 들릴락말락한 작은 소리가 났을

뿐이었어요. 스르르 미끄러지는 소리였죠. 그게 바스락거리는 소리가 되어 내 오른쪽 귀에 똑똑히 들렸어요. 하지만 그때까지도 그게 뭔지 몰랐죠. 그런데 이어 짧고 날카롭게 '쉭~' 하는 소리가 났어요.

그레틀을 보니 바로 그녀의 머리 위에 틱 팔루가 한 마리가 매달려 있었어요. 실론에서 가장 독이 강하고 위험한 뱀이 내 온실에 나타난 겁니다. 인도 코브라는 도망을 가며 가급적 몸을 숨기려는 습성이 있죠. 반면에 틱 팔루가는 어떤 생물이라도 즉시 덤벼들어 물지요. 그런데 이런 틱 팔루가가 망고나뭇잎 사이에서 가지에 꼬리를 휘감고 몸을 추처럼 흔들며 매달려 있었어요. 그레틀의 머리 위에서 '쉭쉭~' 독을 뿜어대며.

나는 그 뱀을 붙잡아 재빨리 위험을 없애려고 했어요. 인도에서 뱀 다루는 법을 배웠거든요. 그런데 갑자기 손이 심하게 떨려 붙잡을 수가 없었어요. 나는 노인이었거든요! 그래서 울람 싱에게 소리를 질러 도움을 청했죠.

울람 싱은 내 소리에 벌떡 일어났고 뱀을 보자 위험하다는 것을 알아챘어요. 울람 싱은 번개처럼 손을 내밀어 틱 팔루가의 꼬리를 잡고 공중에다 빙빙 휘둘렀습니다. 인도에서는 이런 식으로 뱀을 다루지요. 잽싸게 돌려서 축 늘어진 뱀을 내려놓고 목 부분을 힘주어 꽉 움켜잡는 거지요. 그러면 뱀은 더 이상 물 수가 없어요. 그런데 그런 일이 일어날지 누가 알았겠어요. 울람 싱이 뱀의 급소를 정확하게 잡지 못했던 모양입니다. 틱 팔루가 손가락 사이로 빠져 나와 팔목을 감고 팔을 물었어요.

울람 싱은 소리를 지르며 날 힐끗 바라보고는 뱀을 땅에 떨어뜨렸어요. 나는 그 놈에게 달려들어 발로 대가리를 짓뭉개 버렸지요. 모든 게 순식간에 벌어진 일이었어요. '쉭쉭' 거리는 뱀의 소리를 들었을 때부터 울람 싱을 물 때까지 불과 몇 초밖에 지나지 않았으니까요. 그레틀은 아무것도 모르고 여전히 덩굴식물의 꽃을 따고 있었고 아이의 뒤에서는 울람 싱이 바닥에 쓰러져 경련을 일으키며 몸을 뒤틀고 있었습니다.

도대체 무슨 일이 일어났는지, 뱀이 어떻게 내 온실에 나타나게 되었는지, 한참 뒤에야 해답을 알게 되었지요. '연꽃의 위력'이라는 이 인도인의 신비한 능력은 망고나무뿐만 아니라 눈에 보이지 않게 실론에서 온실로 옮겨진 식물의 잎이나 뿌리 혹은 흙 속에 숨어 있는 생명의 싹에까지 영향을 미쳐 엄청 빠른 속도로 성장하게 했던 겁니다.

여기 이 망고나무는 물론 열대의 바람에 날려온 갖가지 식물의 씨, 나뭇잎에 붙어 있는 곤충과 파충류의 알, 이 모든 것들이 연화좌의 힘 덕분에 성장한 거지요. 사람의 눈에는 보이지 않지만 망고나무에는 인도 원시림의 기적과 위험이 숨어 있었는데 그게 걷잡을 수 없이 터져 나와 우리 모두를 불행으로 치닫게 했지요.

나는 한참 뒤에야 상황을 깨닫게 되었습니다. 그 일이 벌어진 순간 나는 울람 싱의 옆에 꿇어앉아 뱀에 물린 팔의 위쪽을 졸라매고 있었어요.

"아빠, 무슨 일이에요?"

그레틀이 옆에서 불안스레 외치더군요.

"아빠, 어떻게 된 거예요? 전혀 다른 사람 같아!"

"아가야, 난 병이 들었단다."

그레틀은 이 말을 듣고 안심을 했어요. 나는 손거울을 꺼내 내 모습을 보았습니다. 주름살 투성이의 노쇠한 얼굴이 날 마주보더군요, 웬 노인의 얼굴이……. 내 머리는 백발이 되어 있었어요. 그제야 나는 울람 싱의 실험으로 인한 무서운 변화와 그 결과를 전체적으로 깨닫게 되었어요. 만일 울람 싱이 죽는다면 거울에 비쳐진 내 모습으로 계속 살아야만 한다는 것을!

상황이 이렇게 절망적이었지만 그래도 날 위로하고 지탱해 주는 게 있었죠. 나는 내 정신 상태는 그대로라는 걸 알았어요. 전과 마찬가지로 차분히 체계적으로 생각할 수 있었어요. 나는 완전히 평정을 되찾은 상태에서 늙은 것은 내

육체일 뿐, 결단과 열정 그리고 순발력 같은 정신력은 쇠퇴하지 않고 그대로라는 것을 확인했어요.

울람 싱의 신비한 능력은 육체만을 늙게 했어요. 그레틀이 몸은 숙녀이면서도 여전히 열한 살배기의 마음을 지닌 것처럼, 내 자신의 정신력, 감각과 감정은 늙어 쇠약해진 육체 속에 갇혀 있어도 젊은 힘을 유지하고 있었어요.

내가 울람 싱의 옆에 앉아 있을 때 필립이 온실 문을 두드리며 부르는 소리가 들렸어요. 박사, 내 하인에게 무슨 일이 일어났는지, 그리고 내가 그의 주인이라는 사실을 설명하며 얼마나 애를 먹었는지 당신에게 다 말하자면 이야기가 너무 길어질 겁니다.

그건 그렇고. 한탄하며 어쩔 줄을 모르는 필립에게 내게 필요한 것을 10분만에 가져오게 했어요. 서둘러 과망간산칼리를 구해 바로 울람 싱의 팔에 주사했지요.

바로 주사의 효과가 나타났습니다. 경련이 점차 수그러들었고 손·발의 부기도 빠졌으니까요. 그래서 우선 최악의 상황은 막았다고 생각했지요. 다음으로 신속하게 의사를 불러야 했어요.

하지만 그게 마음처럼 쉽지만은 않았어요. 온실 밖으로 나갈 수가 없었기 때문이죠. 하인들이 날 보지 못하게 해야 했으니까요. 필립은 하인들을 모두 모라비아의 농장으로 보냈어요. 무슨 핑계를 댔는지는 잘 모르겠는데, 이웃에 두창이 발생했다고 한 것 같아요. 저녁 6시가 되어 집에 아무도 없는 걸 확인하고서야 전화를 하러 갈 수 있었죠. 그 사이에 여길 떠난 프랑스 여선생의 옷장에서 옷 한 벌을 꺼내 그레틀에게 입혔는데 웬만큼 맞았어요.

박사. 당신의 이름은 당신이 할라쉬 사건에 개입되어 경찰의 요청을 받아 카라진 혈청을 사용한 일이 있어 아주 쉽게 기억해 낼 수 있었지요. 나는 당신이 날 도울 수 있는 유일한 분이라고 생각했어요. 그래서 내 집을 설계한 당신의 친구에게 연락을 한 겁니다.

당신이 올 때까지 한 시간이 걸렸는데 그 시간을 내가 어떻게 보냈는지 아세요? 방마다 돌아다니며 거울을 모두 숨기거나 덮어서 가렸어요. 그레틀이 자신의 모습을 보지 못하게 해야만 했고, 무슨 일이 일어났는지, 내가 그 애에게 무슨 끔찍한 일을 저질렀는지 알지 못하게 하려구요.

하지만 베란다에 있는 거울은 깜박 잊었지요. 그레틀이 아침을 먹으러 오기 전에 내가 서둘러서 그 거울을 부쉈을 때 당신은 날 미친 사람이라고 생각했을 겁니다. 그런데 어젯밤에 가리고 있던 천이 바닥에 떨어진 바로 그 거울에서 그레틀은 자신의 모습을 보았습니다. 거울에 비친 낯선 여자가 자신이란 것을 몰랐기 때문에 무서워했어요. 다행히도 이제 모든 게 다 끝났으니 거울을 가린 천들을 떼어 내도 괜찮겠어요.

내 나름대로는 모든 가능성에 대비해 온갖 배려를 다했지만 그래도 몇 가지 빠뜨린 게 있었어요. 박사, 어제 붕대 밑에서 상처를 찾아 내지 못했을 때 나도 순간적으로 깜짝 놀랐답니다. 하지만 내 몸이 나이가 들면서 상처가 낫고 흉터가 사라지는 건 당연한 일 아니겠습니까. 보세요, 그 상처가 갑자기 다시 여기에 생겼어요. 당신이 붕대를 새로 갈기 전까지 피를 많이 흘린 것 같군요.

혈청을 못 주시겠다고 했을 때는 정말 막막하더군요. 내게 남은 유일한 희망은 울람 싱이 죽기 전에 다시 한번 의식을 되찾아서 실험을 끝마치도록 하는 것이었으니까요. 어젯밤 당신이 불쑥 찾아왔을 때 나는 그 실험을 시도하고 있었죠. 하지만 안타깝게도 실패했어요.

박사! 그 동안 무슨 일이 일어났는지 당신에게 모든 사실을 얘기하려고 마음먹은 적이 몇 번 있었죠. 하지만 결정적인 순간에 그만 주저앉고 말았어요. 겁이 나거나 비난을 받을까 두려워서 말을 안 한 게 아닙니다. 나는 당신의 카라진 혈청이 듣지 않아 울람 싱이 의식을 회복하지 못하고 죽을 경우까지 고려해야만 했어요. 만일 그럴 경우 나는 그레틀과 함께 병든 동물처럼 은밀히 오지에 숨어 살겠다고 결심

했어요. 그러면 아무도 우리의 불행을 알지 못할 테니까요. 박사, 당신까지도 포함해서 말입니다. 스스로 자초한 운명 때문에 동정을 받는 것보다 더 고약한 것은 없기 때문이죠.

그나저나 나와 그레틀이 당신에게 어떻게 감사해야 될지 모르겠군요. 박사, 절대 그 애가 이 비밀을 알게 해서는 안 됩니다.

쉿! 아이가 온 것 같군요.

온실 문을 요란스럽게 열어 젖히고 남작의 딸이 뛰어들어 왔다. 그레틀을 뒤따라 멜리타 치글러도 들어왔다.

"펠릭스!"

멜리타 치글러는 남작의 이름을 부르며 손을 잡았다.

"이제 다 나았어요? 어쩜, 사람을 이렇게 놀라게 하다니. 하지만 박사님 덕분에 그 정도에서 그친 거라구요. 그건 그렇고, 박사님, 아주 재미있는 분이세요. 방금 전에 어떻게 해서 날 웃겼는지 알아요? 박사님이 우리 꼬마와 결혼하기로 했다고 하지 않겠어요? 아주 진지하게 눈 한 번 깜짝 않고……. 그만 깜박 속아 넘어가 욕까지 했다니까요."

키르히아이젠 박사는 얼굴이 빨개져 고개를 숙이고 아무 말도 하지 못했다.

남작은 박사가 당황해 하는 것을 보고 그레틀을 불러 말했다.

"박사님께 키스하고, '고맙습니다' 하고 말씀드려라."

그리고는 박사에게만 들리게 아주 나지막한 목소리로 덧붙였다.

"나의 생명과 너의 청춘을 구해 주셨다."

그러자 남작의 딸은 최대한 키가 크게 발돋움을 하고는 입술을 쏙 내밀어 키르히아이젠 박사에게 키스를 했다. 바로 전날 두 번이나 황홀하게 해 주었던 그 키스를. 하지만 오늘은 열한 살배기 소녀로서 놀이친구나 친한 아저씨에게 할 때처럼 얌전하게 했다.

끝

화분과 화단에는 현삼과에 딸린 풀과 수선화·장미·패랭이꽃과의 식물과 물망초·팬지와 물푸레나무의 꽃이 만발했다. 꽃들은 물을 머금고 몇 주 동안 향기를 풍기다가 시간이 지나면 다시 시들었다. 그리고 남작의 정원에선 신비스러움이 사라졌다.

바람과 해, 비와 이슬을 아그라의 파르바티 신전의 정원사가 잠시 빼앗았지만 태고의 영원한 섭리를 다시 되찾았던 것이다.

키르히아이젠 박사는 울람 싱이 죽고 이틀이 지나 코르푸 섬으로 여행을 떠났다. 이오니아 섬의 파충류와 곤충류에 관해 분주하게 연구하느라 남작의 저택에서 겪었던 일들을 생각할 시간이 없었다. 그리고 무참히 실망만 안겨주었던 그 헛된 열정도 점점 사라졌다.

빈의 집으로 돌아온 뒤에는 몇 달 동안 수집한 연구 자료들을 분류하며 바쁘게 보냈다. 책상 위에는 왕립극장 여배우 멜리타 치글러와 포그 남작의 결혼 청첩장이 있었지만 단 5분도 박사의 일을 멈추게 할 수는 없었다.

어느 날 그는 수첩을 들여다보고 불쑥 가정부인 베티나에게 2층에 새로 부엌을 들이고 전에 부엌이 있던 자리를 암실로 개조할 생각이라고 말해 깜짝 놀라게 했다. 어린애가 놀며 재잘거리다가 무심코 나온 이 기발한 생각이 어쩌다가 진지한 생물학적·조직학적, 그리고 발생학적 사안들로 채워진 수첩에 끼어 들게 되었던 것을 정신이 없어 잊고 있었던 것이다. 베티나는 가정부로서의 자신의 위신을 앞세워 간신히 키르히아이젠 박사의 계획을 포기시킬 수 있었다.

자주 그런 것은 아니지만 그는 가끔 히칭에 왕진을 갔던 기억을 떠올렸다. 해외에서 그림 엽서가 날아오거나 등산가로 알려진 포그 남작이 또다시 최초 등정을 했다는 기사가 신문에 날 때, 또는 신문의 '스포츠와 사교' 난에 포그 남작이 궁정 축제나 펜싱 모임의 참가자로 이름이 실려 있는 걸 볼 때면 그랬다. 옛 환자가 하마터면 이상한 운명 때문에 쾌락의 잔을 손에서 놓칠 뻔했는데 이제 그걸 남김없이 비우려 한다는 걸 알았다.

키르히아이젠 박사는 그런 생활을 부러워하지 않았다. 표를 달고 알파벳 순서로 정리된 장서와 화학물질들로 가득한 그의 서재는 남작이 이 세상의 환희와 도취를 통해 긁어모은 것과 동일한 행복감을 주었다.

하지만 키르히아이젠 박사도 이런 은둔자 생활의 정적에서 벗어나, 언젠가 그의 눈앞에까지 다가왔던 풍요롭고 다채로운 삶을 그리워하기도 했다.

날씨가 화창한 날, 시내에서 짧은 아동복 차림에 손에 굴렁쇠를 들고 얌전하게 여자 가정교사와 함께 거니는 그레틀을 볼 때마다…….

그녀가 열한 살이던 어느 가을날,
그녀는 하룻동안 그의 약혼녀였다.